夢の残照

Afterglow of a Dream

周舜
AMANE Shun

文芸社

夢の残照 ◎ 目次

第一章　一本の電話

1．バレンタインデーの一本の電話

一九九四年二月十四日

それはバレンタインデーの夜、ディナーの最中であった。
電話が鳴った……。

「大城先生の携帯電話で間違いないでしょうか」

「はい、そうですが」

突然の電話に急患かと思い、急ぎ出ると、やや緊張した声が聞こえてきた。

「厚生局の林と申します。夜分に突然のお電話で申し訳ありません」

切羽詰まった声音が伝わってくる。

こんな時間に厚生局とは穏やかではない。私たち医師を管理・監督する役所ではないか。こんな夜半に何事か。何か不都合なことでもあったか。至極常識的な診療をしているつもりだが。何も後ろ指を指されるようなことはしていない。

国民の血税を使って、私のようなできそこないの学生を叱咤激励して、やっとの思いで医者にしてくれたのだ。まして診療報酬は、税金から補てんされている。必要以上の診療費を請求したことなどない。いったい何があったというのだ。

それも日中に診療所への電話ではなく、私の緊急電話に連絡してくるなど……全く解せぬことだ。

だが、林と名乗る電話の先の声は、品と節度のある人柄を彷彿とさせる。変な輩ではない気がする。それに私の緊急電話を知っているなど……やはりホンモノの厚生局か？

「夜分に大変申し訳ありません。実は、先生に折り入ってご相談させていただきたい事案が生じましたので、ご連絡させていただいている次第です」

厚生局の者という割には、横柄で居丈高な物言いではない。

「どういった内容でしょうか。なにやらお急ぎのようですが。それに私に、とおっしゃいましたが、それはなぜでしょうか」

私は矢継ぎ早に聞き直していた。早く要件を済ませたかったのだ。

「実は先生に病院を一つ再生していただきたいのです。詳しいことは電話では申し上げにくいのですが……」

「それはお急ぎの案件なのでしょうか」

「はい、大変急いでおります」

「タイムリミットは？」

「はい、今月中にできれば……」

「今月中？　今月中と言われると……。それに今日はバレンタインデー、二月十四日ですよね」

私はテーブルの向こうのユカを見た。つまらなそうに携帯のメールを見ている。

「二月は二十八日までしかないですよね。というと、あと二週間で、ということですか」

「はい」

電話の向こうの声は、相当切羽詰まっている。

「わかりました。明日お会いすることは可能ですか」

私は早く電話を切り上げたかったが、このまま電話で話していても、正直埒が明かない。そう思い始めていた。

「はい。もちろんです。時間は先生のご都合に合わせます」

「どちらに伺えばよろしいですか」

「できれば庁舎までお越しいただければありがたいのですが」

第一章　一本の電話

「わかりました。それでは明日の午前十時ではいかがですか」

「はい、それでお願いいたします。厚生局の――」

「林様ですね」

「はい。林です」

「では明日、午前十時に伺います」

私は電話を切ると目の前のユカを見た。少し不機嫌そうだ。

「またお仕事？」

ずっとつまらなさそうに携帯電話のメールを見ている。

せっかくのバレンタインのディナーが台無しだ。料理はすっかり冷めてしまっていた。

私は前菜からメインディッシュまで、食べかけの皿から適当に使えそうな具を選択すると、オリーブオイルをベースに即席のアヒージョを作った。

飲みかけのスープをもとに、半分は冷蔵庫に残っていた食べ残しの冷や飯を使ってリゾットにしてみた。

残りの半分のスープは、アヒージョのオリーブオイルと具を入れて白ワインを加え、つけ麺のつけ汁とした。

こちらもすっかり冷めてしまったパスタを取り出し、水洗いして再度湯で少し柔らかめに茹で直した。このパスタをつけ麺として提供したのだ。柚子胡椒を添えてみた。

ユカの好きな白ワインを取り出すと、冷やしたワイングラスに注いだ。

ユカはワインを口に含むと、おいしそうに一口飲み込んだ。

お腹がすいていたのだろう。アヒージョを熱そうに頬張りながらワインをもう一口、口の中で転がしている。

アヒージョで体が温まったせいか、それともワインで温まったせいか、ユカに笑顔が戻った。アヒージョ風つけ麺パスタもうれしそうに頬張っている。

私を見るといつものいたずらっぽい顔を見せた。

「ご機嫌は直りましたか？」

そう質問する私に、微笑みながら何も答えず、そっとワインを注いでくれる。

第一章　一本の電話

「乾杯」

そう言って自分のグラスを私のグラスにあて、小さく鳴らした。

「許す」

そう言うなり、小さな包みを取り出し私に差し出してきた。

きれいに包装された包みをほどくと、中には手作りのチョコレートが入っていた。

2．紅梅のつぼみ
――事の始まり――

二月十五日

いまだ肌寒い日々が続いている。
紅梅のあまり背の高くない木々を横目で見ながら私は、
呼び出しのあった庁舎への道を急いでいた……。

「先生、お忙しい中御足労いただきまして、大変恐縮です」

庁舎の〈厚生局〉の札のある扉を開けると、電話の声から想像していた通りの生真面目そうな小太りの中年男が立っていた。人好きのする笑顔は自然だった。

もらった名刺には「課長」の肩書がある。

「先生。わざわざお時間を割いていただきましてありがとうございます」

挨拶もそこそこに、小部屋のほうに案内される。

通り過ぎる職員の机の列を横目で眺めながら、彼の丸い背中についていった。

厚生局の各々の机の上には雑然と書類が積まれ、奥のほうの席に鎮座する役人たちはやや年嵩の者たちである。

その中に茶髪でひときわ若い役人がいる。年上の役人たちに横柄な口をきいているのが何となく耳に入ってくる。おそらく、一流大学出身のキャリアに違いない。

私が彼を凝視していたことに気付いた林は、私の癇に障っていないか気になったのだろうか、振り向き人懐こい笑顔を見せ、

「庁舎にはいろいろな人がいますので……。ここでしばらくお待ちいただけますか」
とそっと言いながら、小部屋の扉を開けた。
殺風景で無機質な部屋には、これまた安物の机と椅子が置いてあるのみだった。
しばらくすると、初老の神経質そうな痩せた男が、林課長に同行して入ってくる。
二人は私の目の前に座った。
胸にぶら下げた名札と所属を林は指さしながら、改めて自己紹介をする。
同伴した痩せ型の男はおそらく林の上司なのであろう。
こちらは名札を裏返しにしたままで黙っていたが、林が上司であると紹介すると、
ぎこちない態度で一度こちらに会釈した。
おそらく他人に頭を下げる機会はほとんどないのであろう。林に「後は頼む」と
でも言いたげに、そそくさと小部屋から去って行った。
まるで名を告げるのがもったいないといった態度だ。名前を覚えられるのがまず
いのだろうか。それとも、こちらを〝名を告げるに値しない相手〟と見下したのか。
いずれにしても失礼な態度だ。人を呼びつけたのはそちらだろうが。

林は気まずい空気を察してか、慌てて茶を汲みに席を立った。

「早速ですが、昨夜おっしゃっていた、二月いっぱいという急ぎの案件につき、お聞きしてもよろしいでしょうか」

私は早く話をつけて帰りたかった。

通された小部屋は窓もなく、陰気に湿っている。

生ぬるいお茶を口に含みながら、私は林の話に耳を傾けた。

「先生、A病院はご存じですよね」

林は私の目を探るように見て言った。

「今、とてもまずいことになっています。あっ、先生のせい、とかではないのですよ。心配なさらずお聞きください」

林は額の汗を白いハンカチでぬぐった。

私はもう一度生ぬるいお茶を口に含み、目の前の林が口を開くのを待った。

もう一度私と目が合う。

林は再び白いハンカチを額にあてると、意を決したかのように話し出した。

「実は今年に入って、A病院の医療従事者が院長を筆頭に全員いなくなったのです」

林はしきりに額にハンカチを持っていく。

「……」

私はまずは相手の話を聞こうと黙っていた。

「もう一か月半になろうとしています。それだけでも十分まずいのですが、さらにまずいことに、十三名の患者を置き去りにしたまま、いなくなったのです」

「は？　残された患者さんたちの具合は？」

私は思わず口を挟んでいた。

「今は、容態は安定しています。幸い、と言いますか……ほぼ寝たきりの方ばかりなので、積極的治療が必要な方はいないのですが……」

「食事や入浴、それと内服薬の管理なんかはいったいどうしているんですか？」

「実際のところ、病院付の家政婦(※)たちが、他院に移動した後も順番に患者の世話をしに来ているらしいのです」

「亡くなった人とか、病気が悪化した人とかはなかったのですか？」

「現在まではなんとか持ちこたえています」

「A病院の院長……管理者はどうしているのですか？」

「行方不明です。所在がわかりません」

「こうした事態になった原因は？」

「よくわかりません」

「病院経営が立ち行かなくなった、とか？」

私は立て続けに質問を浴びせていた。

「それもわかりません。どれも推測の域を出ないのです。とにもかくにも管理者が行方不明で詳しいことはわからないのです」

林は困惑を隠せないといった風である。

「今月末までにA病院の再生が必要とおっしゃっていましたね」

そう尋ねる私に林は神妙な面持ちで答える。

「そうです。急な話で本当に申し訳ありません。実はこうした事態を近隣の地方紙が嗅ぎつけて記事になりかけているのです。本県としてはマスコミとの話し合いで、本年二月いっぱい……つまり今月いっぱいは報道を自粛してほしい旨申し入れています」

林はうっすらと額に汗を流し、ひたすら困惑している体(てい)である。

「正直に申し上げると、院長をはじめ、医療従事者が突然消えて、患者が十三名放置されている。このことが公になれば、私ども地域医療を指導監督する部署としては、懲戒処分は免れません……」

林の額からは一挙に汗が噴き出し、しきりにハンカチでぬぐっている。

その言葉や態度からも林の生真面目さがにじみ出ていた。

私は林の上司の、妙によそよそしい態度を思い出した。あの上司は、この難局から目を背けたいのだろう。

それとも私が何かの拍子に、その上司……名前も忘れたが……の名前を口走ると思ったか。林の名前すら出すことはないであろうに。

「あとたった十三日でA病院を再生させる」ことなどまず不可能であろう。いくら頼まれても、できないものはできないのだ。

上司すら逃げに入っている難しい案件だ。

しかしそれよりも何よりも、役人たちは逃げ出す前にすべきことがあるだろうに。

私の脳裏には、先ほどの横柄な態度を取っていた茶髪の若い役人の顔が浮かんでいた。

まずは十三名の放置された患者をどこか安全な場所に移すのが先であろう。

行政処分を下すにしろ何にしろ、だ。

林と目が合った。真剣そのものである。

驚いたことに、彼は事態をまだ諦めていないようだ。

(皆、林にすべてをおっかぶせて、逃げに入っているのがわからないのか？)

林はまだ私のことを見ている。額の汗は止まらないようだ。

「A病院は医療法人立でしたか？　それとも個人立病院でしたか？」

私は独り言のように問うていた。

「個人立病院です。八十床の個人立病院です」

林の返事には力が入っている。

「ああ、そうでしたね……」

私は力の入った林の返事をぼんやり受け流していた。

一昨年のクリスマス・イヴのことを思い出す。


一昨年秋、S銀行の不良債権処理のため、A病院買収の話があった。

嫌な思い出が頭をよぎる。せっかく頭の片隅に追いやって、忘れかけていたというのに。

あのA病院があの後、こんな展開になっていたのか。

「法人立でないとすれば、個人病院の院長からの廃止届が不可欠ですよね。院長が行方不明で、果たして廃止なんてことは可能なのでしょうか。それに新たなA病院設立者の開設許可願と開設届も必要ですよね」

私は一人で呟いていた。

「そうです、そうです」

林が身を乗り出してきている。私は迂闊な返答はできないと察した。

「いろいろな先生方、近隣の医師会も含め力のおありの諸先生方に相談はなさったのですか？　なぜ、私のような若輩者にお声掛けしていただいているのです？」

林は頬を紅潮させてきている。

「実は、ご相談を申し上げた諸先生方にはすべて断られました。しかし、そうした話の中で、大城先生のお名前が出てきたのです。何年か前にA病院の再建の意図があったと伺ったものですから」

林はまた額の汗をぬぐった。

「ああ。しかしあの時とはずいぶんと情勢が変わっていますしね。大変難しい案件であることは間違いないですね。今すぐに解決策が見つかるのか。そもそも解決策なんてものがあるのか。いずれにしても即答はできません」

残された時間はあとたった十三日。事情がわかってくるにつれ、すべての指標は

「二月二十八日までにA病院の再建は不可能である」と示唆していた。

「……」

林は困惑を隠せない様子である。

（林課長、これは誰がやっても困難だ。万が一できるとしても、あと十三日しかない。無駄な努力はやめて残された患者を安全なところに移送する方法、場合によっては行政処分を含め検討すべきだ）

私はそう心で思っていた。


林と目が合った。林は真剣なまなざしで私を見ている。

「……林課長。課長はまだ諦めてはいないようですね」

「もちろんです。もちろんそうです」

「お話を伺い、お急ぎであることは十分に理解しました。本日お話を聞かせていただき、A病院の今月末までの再建につきましては、今の印象では九八％不可能と思われます。ただし、課長が諦めていないようですので、今日いただいた情報をもとに、解決策を考えてみてよろしいでしょうか」

「ぜひ、ぜひお願いいたします」

林は本当に切羽詰まっている。額に汗を流しながら真顔で私を見ている。

逃げにかかった上司たちから、その責任を一身に押し付けられているのであろう。

「林課長。一日、時間をいただけますか。少し考えてみます。二月二十八日までにこの宿題が終えられるのかどうか、案だけでも考えてみます」

自分でも驚いたのだが、私は心の中の警鐘とは全く逆の答えを発していた。

林の真剣なまなざしは、困惑を隠せないながらも、まだ二月末日までのA病院の再建を諦めていない。

だが、林は何の武器も持っていない。ただ熱い気持ちだけで立ち向かおうとしている。解決に至るかどうか、案だけでも考えて彼に渡してやろう。

そう思うに至ったのである。

「お急ぎであることは十分理解しておりますが、林課長。明後日（二月十七日）、もう一度お時間をいただくことはできますか」

私は次のアポイントを促した。

「もちろん。もちろんですとも」

林の顔に明るさが戻っている。

「明後日、この時間にまた伺ってもよろしいでしょうか」

「もちろんです。ありがとうございます。本当に……」

林はエレベーターの入り口まで見送ってくれた。

そして、エレベーターのドアが閉まるまで、深々とお辞儀をしてくれたのだった。

※家政婦：一九九四年当時は病院付の家政婦制度が認められていた

3. 二年前のクリスマス・イヴ

あまり思い出したくない出来事。
二年前のクリスマス・イヴでのことだ。
病院のM&Aがもう一歩のところで頓挫した。
その理由は解せぬまま……。

「今回のご融資につきましては……見合わせていただきたい、と」

「おい、ちょっと待て。こっちから融資してくれなんて一回も言ったことはないぞ。お前のところからの『お願い事項』ではなかったのか」

病院の会議室に怒号が飛び交っていた。

S銀行のN支店長と次席、第三席の次長たちが同行していた。

「もう十二月。暮れも押し迫った二十四日だぞ。お前のところも仕事納めの時期だろう。この時期に来て梯子を外す気か。十二月に入って何度も連絡を入れているよな、支店長」

「はい。急ぎの案件でしたので、第一順位でご報告に参っている次第です」

第三席の次長が答えている。

「お前に聞いているのではない。そもそも、この案件については、お宅の支店長とうちの理事長とで詰めていた話だろうが。貴様がしゃしゃり出てきて何を言う。引っ込んでろ」

事務長の鈴木はいつになく声を荒らげている。普段は自ら発言することのない控えめな男だ。仕事は丁寧で迅速。無駄口をきいたことなど見たこともない。

その男が激怒している。

今度は次席の次長に向かって、

「もともとは次長、あんたから持ってきた話だろうが。違うか？　一回目はこの秋の初めだったよな。何月何日何時だったか言ってやろうか。あんたのメモ帳にも記録してあるだろうが。……次長、あんたみたいに仕事が丁寧で、理詰めで、迅速な銀行マンは今まで見たことがなかったのに……」

次席の次長は顔色一つ変えなかったが、両膝に置いた拳を静かに握りしめていた。

「急ぐ案件だということで、二回目の打ち合わせの時にはお宅の支店長と、うちの大城を直接引き合わせるよう、二人で根回ししたよな」

「………」

「そうじゃなかったか？　えっ？」

「はい。その通りです」

次席の次長が口を開いた。おそらく銀行の上司に対する叛意を含んだ精一杯の発言なのだろう。

鈴木にも彼の気持ちは伝わったようだ。

鈴木は普段のように淡々とした口調に戻っていた。

「その後はお宅の行内の機密事項ということで、N支店長とうちの大城との直々の話で進めていた話でしたね」

「……………」

鈴木の淡々とした声が会議室に浸透していった。

会議室は外の冷気とは対照的であった。

S銀行N支店長は会議室の真ん中に座っている。両脇に次席、第三席の次長たちを従え、ドンと鎮座している。しかし、その額にはうっすらと汗が光っているのが見えた。

メガバンクの中核支店の支店長だ。エリート、それも超の付くエリートであろう。

人前で怒鳴られることなど、この男の人生では、今までなかったのではないか。

「A病院はメインバンクのお宅から十億の融資を受けたものの、焦げ付いているといった話でしたよね」

「……」

鈴木は淡々と続ける。

「A病院の負債十億を肩代わりして、再生してほしいとの依頼だったはずです。こちらからお願いしたことは一度もなかったと思うが？」

「……」

「それを『今回の融資については見合わせてほしい』？　こちらはお宅がA病院に融資した十億の肩代わりを依頼されたにすぎないではないか。金利は十億の○・二五％で月二百五十万円。元本は十年据え置きという条件まで付けてきましたよね」

鈴木は話の経過を話すうちに、再び興奮してきたのか、徐々に顔を赤らめて語気を強めている。

「年明け早々の実行ということで、A病院再建のために必要な医師や看護婦（※）にも水面下で根回しは済んでいる。今さらその人たちに何と言う？　そのために今月で前の職場を退職した人たちもいるんだよ」

「……」

会議室は熱気と殺気を孕んでいる。

鈴木は冷静な男である。基本的に喜怒哀楽を顔に出さない。

ゆえに鈴木をよく知らない人からは、〝鉄仮面〟だの〝ロボット〟だのと陰口をたたかれることもある。

だが、彼の奥底、深淵とも呼べる場所には、熱いマグマのような感情が押し隠されているのだ。それを鋼のような精神力で封じ込めている。

だが、今回のS銀行の裏切りは、その鋼の封印を破ってしまったようだ。いや、破ったのはS銀行ではなく、鈴木自身の期待の裏返しなのかもしれない。

鈴木は今回のS銀行との話の経緯、ひいては大城との邂逅について思い返していた。

＊

イチョウ並木が葉を落とし、歩道を黄金色に染めている。

その日、鈴木はS銀行に向かっていた。S銀行N支店の次席にあたる次長から、電話があったためだ。

「鈴木事務長。病院の再生について、一つ案件がございます。一度、御相談に乗っていただけませんでしょうか」

そつのない電話の対応に鈴木は、「会って話をしたい」という相手の意思を感じ取っていた。早速アポイントを入れると、果たして次長は即座に対応してくれたのだった。

イチョウ並木の歩道を歩きながら鈴木は考えていた。

いずれにしてもS銀行次席の次長からの直接の電話である。内容は語られなかったが、高度に機密的な案件であろう。

そもそもS銀行は、大城理事長の率いる医療法人のメインバンクではない。今は地銀がメインバンクとなっている。

ただし今後、大城の医療法人がさらに飛躍するためには、メガバンクであるS銀行との取引が必要になってくる。鈴木はそう考えていた。

大城誠なる医師には〝大将〟となるべき器を感じる。

医師としての技量は押しなべてオールラウンドに合格点であろう、とは鈴木の採点である。専門バカでは困るのだ。

大城は専門についての技量もさることながら、専門バカではない。すべての診療科に通じている。いわゆるジェネラリストというやつだ。

鈴木が〝この人〟と惚れ込む理由はそれだけではない。

大城誠の大雑把な性格にあるのだ。

鈴木は思っていた。

（あの大城誠という人は、いろいろなものを呑み込むだけの度量を持っている。それは彼の医師としての資質でもある。その包容力でいろいろな患者を受け入れるこ

とのできる懐の大きさを感じるのだ）

専門をひけらかさない診療態度を含め、すべてが合格点を超えている。

医師にありがちな、自己中心的な独断とか、他人の意見を聞かない狭量さは微塵も感じられない。

だが鈴木を以てして、〝この人〟と思わせている点は少し異なっている。

先ほど言った大城誠の大雑把な性格ゆえの〝脇の甘さ〟なのだ。

この人は、自分たちがついて支えていかないと「駄目だ」と思わせる、〝危うさ〟をも持っている。

それを自然に人懐っこい顔で見せることのできる人間でもあるのだ。

「鈴木事務長。あれ……なんだっけ？　何か、それ……買ってくれとか売り込みに来ていたよな？」

彼は詐欺まがいの連中も、分け隔てなく受け入れてしまう。

鈴木から見れば、それは〝甘さ〟そのものなのだが、その大きな包容力は、そんな危うさをも帳消しにしてしまうほどなのだ。

しかしそれだけであったならば、鈴木も前職を辞してまで大城についてはいかなかっただろう。

鈴木が以前勤めていた病院に、大城が非常勤で応援に来てくれていたことがあった。

そんなある時、鈴木の束ねる事務部でトラブルが生じた。

若い男が、大声で受付事務員を怒鳴りつけているのだ。慌てて鈴木が間に入ったものの、全く埒が明かない。

「おい、どうした？」

皆がその騒ぎを遠巻きにして眺めている中、声をかけた医師がいた。それが大城だった。

彼は怒り狂って怒鳴っている若い男に、一言二言、なにか話をしているようだった。

何を諭されたのかはわからなかったが、その後、クレーマー男は嘘のようにおとなしくなった。何度も大城にお辞儀をし、そそくさとその場を去って行ったのだ。

病院長も他の医師も、その騒ぎを聞いていたはずだが、表に出てくることはなかった。なのに、部外者である大城が鈴木の前に立ち、あろうことか矢面に立ってくれたのだ。

鈴木と大城は、もちろん初対面ではなかったが、このように直接かかわったのはこれが初めてであった。そして、この出来事がのちの鈴木の運命を大きく変えるきっかけとなる。


鈴木は、大城が小さな診療所を皮切りに、次々と病院を買収していく過程を、病院事務に就きながら聞き知っていた。そしてそれを、大城の開業を好ましく思わない勢力が、ありとあらゆる手を使って妨害・阻止しようと企てていたことも。

いくら待っていても患者は送ってこない。

薬の卸や銀行にまで圧力をかける。

医師会の中で、誹謗・中傷といったネガティブキャンペーンを張っていく。

医師会ともあろうものが、個人である大城に何故ここまでするのか、不思議に思った鈴木は、病院長には内緒でその背景を探ってみた。

そこでわかったことは、大城が医師会のさる重鎮に嫌われ、今までもこういった誹謗・中傷や嫌がらせ、そして今回のような妨害を受け続けてきた事実であった。

こうした困難ともいえる状況の中で、患者獲得を目指していくのであれば、病院ごとの買収しかない、ということに行き着いたのであろう。事実を、しかもそのくだらない理由を知ってしまった鈴木は、正直、いてもたってもいられなかった。

そんなある日、

「鈴木君。非常勤医の大城先生には辞めていただくことになったので、来月からの非常勤医担当枠から外しておいてくれ」

そう病院長に言われた瞬間、鈴木の内心は決まってしまった。

(大城先生のところへ行こう。行って大城先生の苦境をなんとか手助けしよう)

そう心に誓ったのだった。

実際のところ、この収入の安定した病院を飛び出して、ほとんど話をしたこともない大城のところへ行くことは、非常なリスクであった。

しかも大城が自分を受け入れてくれるかどうかさえも、皆目、見当もつかない状況の中で。

そんな折、病院食堂で数人の若い医師たちの会話を耳にした。

彼らは大学医局から派遣されてきた、非常勤の医師たちであった。

「なぁ、大城先生って知ってる？　なんでも病院買収ばかりしているそうだよ」

「俺も聞いた。それも資金の出所が不明なんだって。皆、怖がってるよ」

「その資金の出所さ、ちゃんとした銀行ではないって噂だ」

「どうして資金源を知っている？　誰かに聞いたのか？」

「いや、そういう噂だよ。反社会的勢力のカネだという話もあったし、宗教法人からのカネだって話もあったし。まぁ、どちらにせよ、彼には近づかないほうが身のためだな」

鈴木は隣で昼食をとっていたが、思わず声を発していた。

「先生方。申し訳ありませんが、それは大城先生のことですか？　すみません、お声が大きくて、つい耳に入ってしまいました」

「………」

「………」

若い医師たちの会話は中断した。彼らは怪訝そうに鈴木を見ている。

どうやら自分のことを知らないらしい。

「先生方は大城先生にはお会いになったことがありますか?」

「………」

「………」

若い医師たちはどう答えていいものか逡巡しつつ、さらに怪訝そうな顔をしている。

「ああ。お話の途中で申し訳ありません。当院の事務長の鈴木です。いつも先生方にはお世話になっております」

鈴木の身分を知った若い医師たちに、安堵と侮蔑の表情が浮かんだ。若い医師たちは鈴木の問いには何も答えず、そのうちの一人が、

「おい。出よう」

と言って皆を促す。談笑していた医師たちは三々五々、食堂から去って行った。

鈴木は心を決めていた。大城先生のところに行こう、と。たとえしばらく無給になっても構わない。こちらが大城医師を立て、給料を出してもらっても大丈夫なようになったら、その時には給料をいただくことにしよう。なに、半年や一年程度なら蓄えがある。ここで安穏として生きていくことに嫌気が差してきたのだ。

鈴木は自分の前に立ちはだかり、大声で騒ぐクレーマー男に対処してくれた大城の姿を思い出していた。

一度も会ったことのない他人のことを、ああだこうだと決めつけ、皆でかかわり合わないようにと結論付ける。そんな若い医師たちを横目で見て、鈴木は思った。

（きっと、大城先生なら『そんなこと、いちいち気にするな』とおっしゃるに違いない。『一度も診察していない患者を、風邪だ、肺炎だと診断はできないだろう。他人がああ言おうがこう言おうが、自分の目で見て判断したのであれば、どんな判断でも尊重する。だが、他人がああ言っているから、こう言っているから、という

ことのみを判断根拠にするならば、医師としての程度が知れている。そんな輩を相手にする必要などないよ』と)

鈴木は病院に辞表を提出した。そしてその足で大城医師に会いに彼の本拠とする病院に行った。

「ああ、鈴木事務長。今日はどうしたの？　何か急ぎの用かい？」

「はい……実は……」

そう言いかけた時、大城の携帯電話が鳴った。大城は険しい顔で電話を聞いていたが、

「鈴木君、悪い。急患だ。すぐに戻るから、ここで待っていてくれ。何か仕事があるのなら、その作業机を使ってもらっていいから」

そう言い残すと、大城は診療道具一式を持ち、慌てて院長室を飛び出していった。

広々とした院長室は雑然としている。

主人が出て行った後は、ガランとした空気が周りを包んでいた。

鈴木は案内されたソファーにしばらく座っていたが、正直、手持無沙汰であった。

「その作業机を使ってもらっていいから」という大城の最後の言葉を頼りに、大城のデスクの隣にある、指定された作業机に腰かけてみた。気のせいか、自分用にあつらえたような座り心地である。

自然と机に広げられた書類と地図に目をやる。

「え？　これは……」

鈴木は仰天した。

そこには大城が買収した病院と、今後の展開のために必要と思われる、砦となる診療所の設立、もしくは病院の買収、さらには設立予定地と地域の特徴及び、患者マーケティングの概要が記されているのだ。

（これは……。大城先生は、やみくもに病院買収や診療所開設をしているわけではなかったのか。きちんと計画を立てて……。もちろん外的情勢等によって、多少の流動はするであろうが、その流動性すらも勘案しての計画地図と概要じゃないか）

さらによく見てみると、実際に稼働している診療所及び病院については、収支や諸費用がざっくりとではあるが、わかるように記されている。

気が付けば鈴木は、収支計算の不備や、時期尚早と思われる無謀な実行計画などについて注記を付していた。いつごろ、他の収支バランスが改善したら、その時点で再検討する旨も付しておいた。

作業は楽しかった。自分が初めて、活かされて〝ものづくり〟をしている。そんな実感が湧いていたのだ。

「なかなかよくできているよね」

突然、背後で声がする。振り返ると、いつの間に戻ったのか大城が立っていた。

「あっ、失礼しました。あの……」

「ああ、遅れてすまない。いいから作業を続けて」

「あの……」

「鈴木君。その注記のある病院、時期尚早と記してあるね。理由は？」

「え？」

思わぬ問いに絶句したが、その後、鈴木は自分の考えを話していた。

大城は黙って聞いていたが、

「君は時間・空間と時流を見抜く力があるね」

そう言ってくれた。

気が付いてみれば、もう夕暮れじゃないか。今日は就職の話は無理だな。また出直してこよう。

そう思い始めていた。すると、大城のほうから声がかかった。

「鈴木君、なかなか鋭いところを突いているね。うん。この通りの中・長期計画を骨子にやってみよう」

虚を突かれ、完全に言葉を失っている私を見て、大城は面白そうにこう言ったのだ。

「鈴木君、そこは君のデスクだから自由に使いなさい。明日もまた来て、適宜修正をしてくれ」

大城の言葉の真意を知り、私は心が震えた。

一礼して院長室を出て行こうとする私に向かって、

「明日は、勤めていた病院の給与明細も忘れずに持ってきなさい。条件は変わらないが、君の試案が実現できれば給与も改善できると思う。頑張りなさい」


私はS銀行への道々、大城との出会いから、現在に至るまでの出来事を思い返していた。

あの後、大城院長は自分の企画した「大城医療グループ発展計画」には、ほぼ口を出さず、私の思うままに仕事をやらせてくれたのだ。

大城院長を好ましく思わない人々に対しても、彼はおおらかに接している。

だが、不特定多数の悪意――やっかみ・嫉妬・恨み――は決して大城院長のようにおおらかなものではない。

今日のS銀行次長との話が「大城医療グループの発展計画」の促進剤となればよいと思っていたのだ。


「鈴木事務長、御足労いただきありがとうございます。早速で申し訳ありません」

S銀行次長は話を始めた。

「事務長。大城先生は昨年、B病院を買収されましたよね？」

「ええ、おっしゃる通りですが、それがなにか？」

「実は失礼ながら調査をさせていただきました。その後、B病院は順調に経営改善しているようですね」

次長は話を続けた。

「そこで今回のご相談なのですが。鈴木事務長、当行の融資先で、経営状態の改善の見込みのない病院があるのです。その病院の再生を、大城先生にお願いできませんでしょうか？」

その再生対象の病院こそがA病院であったのだ。

実は、鈴木はA病院の立地的な価値について調べていた。というよりは、B病院買収が完了した後、次のステップアップとして、B病院から移動に三十分圏内で、今後の人口増加が期待できる地域の病院設立もしくは買収を企図していたのである。

件(くだん)のA病院は、まさにその地域内にあり、千坪程度の広さを持つ敷地に建つ、五階建て八十床の病院だったのだ。

いわば、目をつけていた地域の病院が、向こうから近づいてきたのである。

鈴木は内心の喜びを一切顔に出さず、S銀行次長の話を淡々と聞いていた。

「次長。ハコ(建物)はまだ新しく、医療機器も五~六年は使用できそうです。再生といっても、中身の入れ替えで刷新できるのでは?」

「私もそう考えます」

「次長。ご存じとは思いますが、当法人は昨年、B病院を買収したばかりです。経営的には黒字ですが、あと二年間くらいは大きな出費は避けねばなりません。当法人持ち出しなしでの御行の融資金の肩代わり、ということであれば、乗れる話かもしれません」

「あまり大きな声では言えないのですが、今回の件、当行でも実際十億程度の融資金が焦げ付きそうな状態なのです。そのためスタッフが残っているうちのM&Aを考えております」

「私としては、できれば居抜きで中身が改善しているというM&Aが理想的だと思います」

「おっしゃる通りです。実際のところ、A病院について元本はもちろんですが、金利の支払いも滞っている状態です」

「金利はどのくらいでお考えなのですか?」

「もしこのM&Aが成立するのであれば、十億の元金据え置き、〇・二五%金利の月額二百五十万円で、十年間運営していただく、ということでは無理でしょうか?」

「いえ。B病院と、当法人のサテライト診療所の上がりを合算すれば、可能ではあると思われます。ただし、もう少し細かな計算をしてみないと、明確なお返事はいたしかねますが」

「鈴木事務長。実はそのB病院も、私どもの不良債権でした。そこを大城先生に買っていただいたのです。その実績を私も拝見させていただいております。今回のA病院のM&Aについては、詳細な再建計画が必要です。事務長、計画書の作成にどのくらい時間がかかりますでしょうか?」

「一週間いただければ。それでまとめてみたいと思います」

「一週間で大丈夫ですか?」

「大丈夫です。実を申し上げますと、大城はこの地域における医療グループの構築と、医療の再生をかねてより構想しておりました。私はそれを手助けできれば、と大城のもとに参った次第です。それと、今回のM&Aを無事まとめあげ、S銀行さんとの関係が強固なものになるのであれば、大城の大きな資金的裏付けができますから。今回のこのお話、ぜひとも実現させたいと考えます」

「鈴木事務長。大城先生のその構想計画、一度拝聴させていただくことはできますでしょうか」

「もちろんです。ただし、七日後に」

「現在の日本では、担保優先の資金融資が定番になっています。私は米国での金融の仕事の経験があり、どちらかといえば、米国式の事業主、事業主体。ひいてはその経営戦略に資金融資をしたいと考えます。まぁ、実際にはそうした融資というのは、理解を得るのはまだまだ先になるような気はいたしますが」


七日後、二度目のＳ銀行次長との面談後、次長が口火を切った。

「鈴木事務長。これで行きましょう」

「不備などはありませんでしたか？」

「いや、これで問題ないと思います。早速、当支店の支店長にこの案件を上げてみたいと思います。十月も間もなく終わりますが、年内、ないしは年明け早々の実行に向けて動いてみたいと思います」

「わかりました。私も大城にＭ＆Ａの許可をもらいます」

「では事務長。次回は大城先生と、当支店の支店長とを引き合わせる、という段取りで行きたいと思います。大城先生のほうのご都合はいかがでしょう？」

「本日、この案件を持ち帰って大城に報告する際に、予定を確認してみたいと思います。先に、支店長のスケジュールの空いている日にちを何日か教えていただければ、大城と日程調整いたします」

鈴木とS銀行の次長は考え方も近く、テンポよく調整が進んでいった。

「では、次回からは大城を同席させます。次長が提案されたM＆Aの骨子であれば、当法人からの当座の持ち出し資金はないので、私は人事に関する根回しのほうを進めていきたいと思います」

「それでは私のほうは、先ほどのM＆A骨子に沿って契約関係の書類のひな型を作成してまいりたいと思います。では、また七日後でもよろしいでしょうか」

「ええ、七日後にお願いいたします」

鈴木がS銀行を出ると、イチョウはもうすっかり黄色の葉を落としていた。

歩道には秋の終わりを告げる冷たい風が舞い始めている。

街路樹の陰から、そこここに街路灯の灯がともり始めている。

西の空は真っ赤な夕焼けに包まれていた。

都会のビルが黒い影絵を作っていた。

＊

会議室は変わらず熱気に包まれている。もっともその熱の多くは主に当方から発せられているとは思われるが……。

特に鈴木と、Ｓ銀行の面々の温度差が著しい。

私は末席で会議に参加していた若い事務員、神取を手招きした。まだ二十代ではあるが、鈴木が次期の事務員を束ねる逸材として目をかけている若者である。口数は少ないが卓越した事務処理能力と、周囲を洞察する高い能力を持つ。

「はい、なんでしょうか」

神取は私の座す革椅子の脇に膝を折って屈むと、小声で聞いてきた。

「神取課長。お客様と私たちに何か冷たい飲み物を持ってきてくれ」

彼は私に軽く会釈すると階下に下りていった。

Ｓ銀行の面々にほっとした面持ちが浮かんだ。

鈴木はまだ怒りが収まらない風で憮然としている。

同じく同席した弁護士の土井は会議が始まって以来、ひたすら黙って皆の話を聞いている。


会議室のドアが開いた。

開けられたドアから冷たい風が流れ込んでくる。

神取が女性事務員を伴い、冷たいお茶とおしぼり、それに茶菓子を差し入れてくれた。

会議室を出ようとする女性事務員に私は、「少しだけ窓を開けておくように」と告げておいた。

会議室は熱気でむせ返っていたが、四分の一ほど開けられた会議室の窓から入った冷気が室内を一蹴していった。

「どうか支店長、一服してください。皆もせっかく入れてくれたのだ。少し頭を冷やそうか」

鈴木は渋々、といった表情で冷たいお茶をすすっている。頭を冷やしたのか、再び控えめな男の顔に戻っている。

土井は相変わらず黙ったまま全員の動きや表情を見つつ、冷たいお茶をゆっくり口に含んでいる。

「支店長、いったい何があったのですか。先日と話が一八〇度違ってきています。今はオフレコです。何をここでお話しになっても外には漏れませんから」

私はちらっと土井を見た。

「支店長」

土井が口を開いた。

「十二月十日にどなたかに『挨拶』に行くとか言ってらっしゃいましたね」

「………」

「私の調査では、その日から支店長の動きに変化があったのですよ。大城理事長に言われて私なりに調査をさせていただきました。それから本日まで十日余り過ぎたところです。というより、わずか十日しか経っていませんが、方針が一八〇度転換していますよね。一応、口約束も約束です。まして、一流であるS銀行の支店長の口約束ですよ。契約書がないとか、そんな話は通りません。それと当方はそちらの依頼通り、来年の正月明けにA病院をM&Aするという形でヒト・モノ・カネを動かしています。損害がどうのという大城理事長ではないでしょうが、しかしながら支店長。あなたを信じて動いてきた理事長の信頼を、支店長は大きく裏切っているのですよ。オフレコなので何があったかぐらいは話すのが礼儀かと思いますがね」

「………」

冷たいお茶と外気が会議室を対流したことで、先ほどに比べ、皆の表情が和らいでいた。今日はクリスマス・イヴだ。外気は外の寒さを思い出させてくれた。

「次長さんたち」

私は次席・第三席の次長に対して声をかけた。

「支店長を守って同行なさったのですね。どなたから吹き込まれたのかは存じませんが、相手がそれ相応の輩であるならば、私は手段を選びません。そうしないと医療現場を守れないことも、今まで多々あったからです」

「……」

「ですが心配なさらないでください。ここまで詰めてきた案件を諦めねばならない理由がおありだったのですね。暮れの押し迫ったこの時期に、S銀行支店長自らが挨拶に来られた。それで十分誠意は伝わっています。今回はお互いのフィールドで、フィールド一杯に活躍できなかったことが残念です」

「いえ、私のほうこそ」

支店長が初めて口を開いた。

「支店長、良い部下をお持ちですね。次長さんたち、支店長に何かあるかと心配でついて見えたのですね。大丈夫。何もないですよ」

「いえ……」

次長たちの苦笑いが見られた。

「よほど私のことを吹き込まれて見えましたね。反社会的勢力のような対応はもちろんありませんから」

土井に目をやると苦笑いで応えてきた。

「支店長、今回の件はわかりました。私としてはとても残念です。支店長と一つ仕事を成し遂げたかったからです」

「……………」


四階にある会議室を出て、私はエレベーターのところまで支店長たちを見送った。

「私はここで失礼します。寒い中御足労いただきましてありがとうございました。支店長、今後のご活躍をお祈りいたします。どうかよいお年を」

エレベーターのドア越しに、支店長は目にうっすらと光るものを浮かべ、口惜しそうな目で私に応えてくれた。

エレベーターのドアは静かに閉まると階下のロビーへと下りていった。

とんだクリスマス・イヴももうすぐ終わりに近い時間、私は自宅マンションのテンキーの暗証番号を叩いていた。

外玄関のドアが開くと「子猫に注意！」の札を貼った内玄関ドアが現れる。ドアの向こうは三メートルほどの廊下が続く。

廊下の突き当たり、居間に通じるドアを開けると子猫の「ハナ」が挨拶に来てくれるはずだ。

「あれ？」

今夜は私の肩に飛び乗ってこない。

いつも寝そべっている書棚の上にもいない。


ハナのルーツはアメリカ・メイン州の山猫である。

メインクーンと言ってペット用に飼いならした品種だ。今でも山猫の要素は十分受け継いでおり、高いところが好きだ。

私は我が家のもう一つの高い場所、食器棚の上も確認してみたものの、そこにもいない。

　メインクーン種は大型で、雌猫のハナでさえ子犬ほどの大きさがある。

　性格は身体の大きさに似合わず、人懐っこく甘えん坊だ。

　ハナは私が居間に入ると、必ず挨拶代わりに私の肩に飛び乗ってくるのだ。

　両前足を私の両肩にかけて、鉄棒にぶら下がるように抱きついてくる。後ろ足は優に私の臀部を越える。たいていのお客はハナのこの挨拶にビックリして腰を抜かす。

　だから「子猫に注意！」だ。


（あれ？　今夜はどうしたんだ）

　私が訝っていると、居間に置いた長いソファーの向こうからひょっこり顔を出すではないか。おまけに大あくびをしている。

「あっ。ごめんなさい。お帰りなさい。私、寝ちゃったみたい」

　ソファーの背もたれから顔がのぞいた。

ユカという娘だ。

私が留守にする間、猫の面倒を見てもらうことと、部屋の片付けをしてもらうために雇ったアルバイトの娘さんだ。

「ああ、大丈夫。休んでいて。いつもきれいに片付けてくれてありがとう」

ユカは慌てて長い髪を手櫛で整えながら、

「ごめんなさい。私、ハナちゃんと遊んでいたら眠くなって寝てしまったみたい」

「ああ、構わないよ。それより寒くなかった?」

部屋は床暖房もエアコンも作動させているが、毛布も掛けずにソファーで転寝(うたたね)するには少し肌寒いだろう。今夜はクリスマス・イヴだ。外気はしんと冷たい。

カーテンを開けたままの居間にも外気の冷たさが忍び寄っている。

私は風邪でも引かせてはいけないと思い、そう問うていた。

「ちっとも寒くなかった。ハナちゃんが横に寝てたから暖かかった」

そう言うなり身づくろいをしている。

「私、帰ります」

そう言うユカの声を聞きながら、私は居間のカーテンを閉めようとベランダに向いた大きなガラス窓に向かって歩いていた。

窓の外では白いものがフワフワと舞い降りてきている。

「雪か」

そう呟く私にユカが声をかけてきた。

ガラス窓の向こうのベランダ越しに外を見る。

「雪？　きれい……」

「……そう、雪だね」

「でも、どうしよう。雪道を運転したことないわ」

私は振り向いてユカを見た。雪道が本当に怖いようだ。雪は音もなく降り続いている。

「もし事故にでも遭うといけないから、明日、日が昇って雪が溶けてから帰ったら？部屋はいくつもあるから、よかったら泊っていっていいよ」

「でも……」

　ユカは躊躇している。

「ああ、ご両親が心配なさるね。私が電話しておこうか？」

「私、両親はいません。父は私が小さい時に亡くなっています。母はいますけど、ずっと前に別の男の人と結婚して今は別居しているので、家には私一人です。だから家に私の心配をしてくれる人は誰もいません」

「ああ、ごめん。余計なこと聞いて」

　私は迂闊なことを言ったと後悔していた。

　半分だけ閉めたカーテン越しに外を見る。雪は白くフワフワと音もなく降り続いている。

　私は少し思案した。しかし、こんな状況で帰すわけにはいかないだろう。途中で事故にでも遭えば連絡の取りようがない。

「私のベッドルームを使って。掃除してくれているから、場所はわかるね。どうせ今夜は書類の整理をするつもりだったから、ずっと書斎にいる」

「でも……」

ユカは困った顔をする。

「どうしたの？　あ、今『あのゴミ屋敷のような書斎で寝るつもりか』って思ったでしょう？」

私はユカに部屋の片付けとハナの世話を頼んでいたが、床掃除以外、私の書斎の物には触らないでほしい、と言っていた。

私は整理整頓が苦手だ。

大事な書類の位置がずれると、全くわからなくなってしまう。

あの書類は確かあのあたりの書類の山の中にあるはずだ。あの本の間に挟んであるはずだ、と覚えているのだ。

したがって整理整頓をされると、逆に全く探し物の位置がわからなくなるのだ。

だが、ユカはそうは考えないらしい。以前よりユカに口うるさいほど言われていた。

「先生、机の上……なんとかなりません？　私、気になって気になって」

元来、生真面目できれい好きな娘だ。私のマンションで、私の書斎――彼女が言うところのゴミ屋敷だが――が唯一にして一番気になっているようだ。

「それもそうですけど……」

彼女はまだ躊躇している。

雪はいよいよ本降りの様相を呈している。

カーテンの向こうはしんしんと雪が舞い降りていく。

「あっ、そうそう。今日ケーキをもらったんだ。一緒に食べようか」

「えっ、本当ですか？　うれしい。私、お茶を入れますね」

ケーキと聞いてユカの不安は吹っ飛んでしまったようだ。

病院を出る時、看護婦たちから、

「先生、どうせ今夜は一人で寂しくしているだろうから、これでも食べて」

と言って渡されたのだ。

一緒に食べる相手ができて良かった。そう内心思っていた。

雪は窓の外を音もなく降り続いている。

ユカが紅茶を入れてくれた。久しぶりに体が温まったようだ。

ケーキなど甘いものは苦手だが、目の前のユカは弾けるような笑顔でケーキを頬張っている。

その年のクリスマス・イヴ以来、ユカは私の部屋の住人となった。

ハナも仲間ができてうれしそうだ。

＊看護婦：二〇〇二年より看護師という呼び方となる

4. 紅梅の開花
―事の展開・残り十一日―

二月十七日

肌寒い日々にも春の足音が聞こえてきそうだ。
ほのかな香りがそこここに感じられる。
見慣れた紅梅の木々に、紅い花が咲き始めた……。

「おはようございます」

私がドアを開けると一昨日の林の顔が迎えてくれた。目の下には隈ができている。疲れ切った様子である。昨夜はあまり眠れなかったのであろう。

ただ、眼光だけは輝きを増している。

この人はこの難しい事案処理を一身に受けさせられ、その重圧にどうにか耐えている。なんとか解決の道はないかともがいている。

役人は逃げ足ばかり速い連中だと思っていたが、こんな貧乏くじばかり引く役人もいるのだ。私は心の中で思った。

「林課長。早速一昨日の宿題について基本となる点を挙げてみました。間違いや勘違いしている点がありましたらご指摘ください」

そう言いながら私はレジュメを一枚手渡していた。

林は真剣な面持ちでレジュメに目を通している。

（レジュメ）

【第一命題】
・今月末までにA病院八十床を再生・機能させること
一、現A病院の廃止と新A病院の開設が必要である。
一、新A病院の開設主体は法人立もしくは個人立のいずれが可能であるか。
一、病院開設にあたって医療スタッフ——医師・看護婦——を如何に充当するか。
一、運転資金についてはどう対処するか。

林はレジュメを食い入るように見つめている。

私は口を開いた。

「まず、現病院の廃止ですが、現A病院長が行方不明だと聞いております。院長不在でA病院の廃止手続きは可能ですか？　廃止できないのであれば新規開設は不可能ですが」

林は確信の中に少しの怒りを込めてこう答えた。

「こうした事態を招いたのですから、行政処分でA病院は廃止とする……ことは可能です」

「そうですか。では廃止の件は行政にお任せすることとして、次にA病院の新規開設についてです。現病院に許可されている八十床の病床許可は認められるのですか?」

そう質問する私に林が答える。

「この地域――この医療圏には八十床が必要と試算され、許可されています。八十床は許可されるはずです。ただ、病床数の上積みとなると、今の時点では難しいかもしれません」

「わかりました」

私は短く答えた。

「ところで、林課長。開設主体、新規A病院の開設主体はどうなりますか」

「こちらからの指定はありません。医療が継続しうることが前提です。医療法人立でも、個人立でも構いません」

「医療法人での開設は、該当法人の定款変更やら議事録やらが必要ですよね。とても今月の開設は不可能です。いきおい、個人立病院の開設ということになってきます。個人立病院で行くとなると、誰が院長を引き受けるか、が問題となるでしょう。医師会や大手の医療系グループにもご相談や打診はなさったのでしょう？　こうした状況で、病院の院長になることに手を挙げる医師はいないのではないでしょうか。万が一いたとしても現役で医療活動をしていらっしゃる方であれば、移動に最低でも二か月程度の期間は必要です。今日も含めあと十一日しかないのですよね？」

「………」

私と林の間では沈黙が続いた。

「では、仮定として、ある医師が手を挙げたとしましょう」

私は次の問題点を取り上げるために、強引に次の課題へと移った。

「病院開設には院長だけでなく、医療スタッフの充足が必要です。資格取得者には本人履歴及び免許証の写しが必要です。医師、看護婦、薬剤師たちの免許証です。

それも『新A病院開設願』に合わせて必要となります。つまり今月二十八日までに要るのです」

沈黙する林と目が合った。林は神妙な面持ちで私の話を聞いている。額にはまた汗が光り始める。

「常勤医師は少なくとも三名、看護婦は少なくとも二十名は必要となります」

再び二人の間に重苦しい沈黙が続いた。また林と目が合う。

林はまだ事態を諦めきれないようである。

——この役人は変わっている。こんな八方ふさがりの状況下でも、なんとか希望の灯を探している。藁をもつかむつもりなのか。私に信頼を託す何か……確たるものでもあるというのか。

私は「A病院の今月末までの再建は困難である」との結論を林に納得させるための最後の切り札を提示した。

「林課長。こうした事案を解決するための資金調達についてですが……これも極めて困難であると思われます」

林は黙って聞いている。

「ご存じとは思いますが、A病院は二年前にはS銀行の不良債権となっていました。A病院再生のために、他の医療機関によるM&Aの対象だったのです。そのA病院が死に体とは言え、稼働しているのであれば買収価値もあったでしょうが、全く息の根が止まった状態では、はっきり申し上げて無価値です。もちろん病院経営的に見て、ですが」

林は口を真一文字に結んでいる。落胆を隠しきれない。

「大城先生。先生の見解では、この状況ではどこの医療機関もA病院再生に手を挙げるところは皆無だということでしょうか」

林は悔しそうに呟いていた。

「………」

林はじっと下を向いている。口は真一文字のまま。

そして、独り言のように呟いた。

「それでも大城先生、なんとかならないでしょうか。なんとか……」

林と目が合った。消え入りそうな希望の灯をなんとか絶やさないでほしい、そう哀願している。

私はこのまま突き放すのが不憫に感じられた。

「課長。ざっと問題点を挙げてみましたが、課長はまだ諦めていらっしゃらないのですね」

「もちろん、もちろんです」

林は次の〝処方箋〟を期待しているようだ。

「課長。問題点はあらかた挙がっているように思います。次に、各々の問題点につき対処案を考えてみましょう」

林の顔に少し輝きが戻る。

「それでは問題点について、それぞれ議論を詰めていきましょう。解決方法につき、疑問や問題点を感じられたらご指摘ください。今からお話しすることは一つの案にすぎませんから」

林は膝を乗り出してきている。膝の上にはノートとペンが握られている。そのノートには、先に提出したレジュメも大事そうに挟んであった。

「林課長。まずA病院の廃止についてですが、院長不在のため、先ほど話していらっしゃった『行政処分』にての廃止で行くしかありません」

林はノートに書き留めている。

「大城先生。それは大丈夫です。私のほうで処理いたします」

林ははっきりとした返事をした。さすが、厚生局の役人の顔であった。

「次に課長。新規A病院の開設ですが、先ほどの議論からもわかりますように、個人立で行くしかないと思います。そこで問題となるのが、こうした状況下で院長を引き受ける医師がいるかどうかです。いわば火中の栗を拾うようなものです。そんな医師が見つかるだろうか。後、残り時間は十一日です。その医師に対する報酬も確定できる状況ではないのですよ」

そこまで話した時、林と目が合った。林はうんうんと頷きながら半身、身を乗り出してじっと私を見ている。

「……私？」

「ええ。先生なら。大城先生なら」

そう言いながらじっと私を見ている。

――こいつ……。真面目な顔をして、図々しい奴だ……。そんなことをして、こちらに何の見返りがあるというのだ……。

「……」

「先生。大城先生なら、きっと再建できると思いますが」

林は至極真面目にそう切り出してきた。額の汗からも必死の思いが伝わってくる。

「林課長。私にA病院の院長を引き受けろ、と?」

「はい、そうです。それが一番ぴったりときます」

「ちょっと待ってください。A病院の再建にはA病院の廃止に続いて、新生A病院の開設が必須だということを確認しましたよね？　二月末日までの開設という縛りの中で個人立病院での開設しかないことまでは確認しました」

「はい、それしかないと思います」

「それでいきなり私が院長ですか？」

「はい。それ以外は考えられません」

「林課長、ちょっと待ってください。そんなことを勝手に決められても……。課長、まだあとの課題が残っているのです」

「でも、大城先生。開設院長が決まらなければ次のステップには進めないのです。恐縮ですが、大城院長案にて話を進めていただけませんでしょうか」

林は額の汗をしきりにハンカチでぬぐっている。

「わかりました、わかりました。あくまで仮定の話として、ですよ。まだ全体の問題点の解決策は見えていませんから」

私は林の目を見て言った。

「私がＡ病院の開設院長に就くという前提で、シミュレーションしてみましょう」

林はうんうんと頷いている。

「新生Ａ病院の院長が決まったとして、次に医療スタッフの確保の課題が残ります。常勤医師が少なくとも三名。八十床の病院だと、看護婦二十名程度は確保しなければなりません。それも二月二十八日までに。あと十一日しかありません。Ａ病院の前のスタッフは散り散りになって、再度集めることは難しいでしょう。もし可能であったとしても十一日以内には無理です」

林と私。二人の間に沈黙が続いた。部屋の壁に掛かった時計の音だけが、しんとした部屋に響いていく。

林と私の間でなおも沈黙が続いた。

林は私の目を見ると、唐突に話し出した。

「先生はもう一つ病院をお持ちでしたね」

私は林から目をそらさなかった。そうしたら、こちらが先ほどの問いに動揺したことがわかってしまう。私は思った。

（こいつ……きちんと私のことを調べてきている……。どこまで調べているのだろう。いずれにせよ、場当たり的に私に近づいたわけではないようだな。意外と喰えない奴だ。そもそも個人情報の漏えいじゃないのか？　しかし、場当たり的に私に接触してきたのではないのなら、こいつは侮れないかもしれない）

私は心の中で呟いていた。

林は憎めない目でじっと私を見ている。私は極力、平静を装った。

「一昨年の初めだったか。買収した病院は確かにあります。B病院のことですか?」

「そうです、そうです」

林は彼の癖なのか、短く何度も返事を繰り返した。

「確かにB病院のオーナーは私ですが、B病院の件では私の名前はどこにも出てこない……と思いますが。どうしてご存じなのです?」

私は素知らぬ顔で林に尋ねてみた。

「………」

林は無言でじっと私を見ている。

「おっしゃる通り、B病院については、一昨年初め、S銀行の不良債権ということで買収の話がありました。それで、土地・建物・医療機器一式を買収しました。いわゆる資産買収でした。病院買収の中では比較的シンプルな方法でした。院長・スタッフは据え置きで、病院オーナーが私に代わったということです」

林は頷きながら、私の話を聞いている。

「しかし、私の名前は表には出ていません。よくご存じでしたね？」

私は林に再度問うていた。

「実はここだけの話なのですが。Ｂ病院の旧経営陣と言いますか、事務局長をはじめとする連中が、あまり評判がよろしくなく、我々も局として監視をしていたのです。Ｂ病院の三輪院長も高齢で病院経営までは目が行き届かなかったようですね。経営を委ねていた事務局長と、その取り巻きたちの実態は、病院を食い物にしながら、所在を転々としている連中でした。Ｂ病院が医療法人立であるならば、定款の不備等をついて我々が『指導』に入ることもできたのですが、Ｂ病院が三輪院長の個人立病院でしたので、手が出しづらかった、というのが本当のところです。三輪院長の診療自体はごく正当性のあるものでしたから、その個人立病院の人事にまで越権的指導に入り込むことができなかったのです。そんな折、大城先生がＢ病院を買収されたことを知りました。件の事務局長たちも、尻尾を巻いて出て行った、と聞いております。その後のＢ病院の稼働は順調である旨まで聞き及んでおりました」

林はやけに流暢に話をする。

私と林との間にまたしばしの沈黙が続いた。

今度は私のほうから口火を切った。

「それで、課長はA病院の再建のための医療スタッフに関して、B病院の医療スタッフを当てにしている、ということですか?」

「………」

林はじっと私を見ている。

「課長。確かに患者三十五床分の医療スタッフは、B病院に存在しますよ」

「………」

「それを、どうしろとおっしゃる?　とにかくまず、議論を整理しましょう。A病院の再建について、まず個人立病院で開設する。それ以外の方法では間に合わない。そして仮定の話ですが。A病院の新院長に私が就任する。医療スタッフ及び患者は、私の所有するB病院にて補てんする……というあらすじですか?」

「ええ。それが一番しっくりきます。いや、それ以外に方法はないと思っております。どうかその線でお願いできませんでしょうか?」

林は真剣そのものである。止まらない額の汗がそれを端的に表している。

「課長。それを実行して……いや、実行に移すには、まだいくつも越えねばならないハードルがあると思いますが……。そもそも私どもに何の利点があるというのです?」

「……」

林は無言でじっと私を見た後、おもむろに「恐縮です」とだけ、短く答えた。額の汗は前にも増して吹き出してきている。

「……」

「……」

長い沈黙が続いた。林は額の汗を拭きながら、じっと私を見ている。

私はふと、笑いが込み上げてきた。

「林課長。わかりました、わかりました。一つずつ課題をつぶしていきましょう。この案を実行して、私どもに何の利点があるのか、という点については、少し先まで棚上げ……ということにしておきましょう。まず、私が新生A病院の院長に就任するにあたって、私どもの法人内での調整が必要です。現在の副院長を、私が院長をしている診療所の院長に就任させるための定款変更、及び法人内での議事の実行・議事録の作成が必要となります。それと、林課長にお聞きしたいのですが、現時点で存在している医療法人の理事長が、他の個人病院の院長――管理者――に就任することは可能ですか？」

「それは可能です」

林の返事に熱がこもる。

「その理事長が他の医療機関の管理医師になっていなければ可能です」

林の声に明るさが加わってきた。目が輝きを帯び始めている。

「次に医療スタッフについてですが。B病院の患者を含む、医療スタッフ全員を、新生A病院に異動させるという案はどうでしょう。A病院とB病院に、医療スタッフ及び患者を分散させれば、管理するのに困難が生じます。まして、新生A病院を全力で立ち上げねばならぬ時期に、入院患者や医療スタッフの減ったB病院の運営を並行して行うのは、負担が非常に大きくなります。この案はいわば、ノアの方舟ですね」

林はこちらの大胆な案に驚愕を隠せないでいた。

「もし、そうしていただけるのであれば、本当に助かります。でも……」

「仕方がありません」

私が笑っているのを林は申し訳なさそうに見ていた。

「でも大城先生。それでは先生への負担があまりにも大きいのでは……」

「林課長。こうした案を実行して成功したとしても、利点が私どもにあるのか、という点については、先ほど少し先まで棚上げする、ということでしたよね」

「……本当に恐縮です」

林は深々と頭を下げた。

「ただし、課長。B病院の全員を新生A病院に移送するについても、『大義』が必要です。B病院内のスタッフも一つにまとめなければなりません。少し時間をいただけませんか?」

「もちろん、もちろんですとも。大城先生が新生A病院長に就任され、B病院のスタッフ及び患者が全員、B病院から移転する。前代未聞ですが、もうこの案しか考えられなくなりました」

林は頬を紅潮させ、目を少年のように輝かせている。

何度も何度も私を見ては「恐縮です」を繰り返した。


さて、どうしたものか。

私は思案した。B病院は現在やっと、正常運転に向かいだしたところだ。正直、あまり波風を立てたくはない。

それと、B病院丸ごとの引っ越しだ。それ相応の理由、それもスタッフが納得する理由が大義として必要なのだ。

それにしても時間がない。なにしろ今日はもう二月十七日なのだから。

「林課長。B病院のスタッフを説得する時間として、三日……いや四日ほど時間をいただけませんか？」

「もちろん、もちろんですとも」

林は何度も何度も繰り返していた。

「とにかく時間がありません。B病院に戻って早速作業に取り掛かります。四日後の二月二十一日、いつもの時間に」

「わかりました。二月二十一日、午前十時ということで。わかりました」

私が席を立とうとすると、林が駆け寄ってきて、

「本当に、本当にありがとうございま……」

と、涙を流さんばかりに礼の言葉を述べてきた。

だが、私はその謝辞をさえぎった。礼はいい。

(B病院を一つにまとめられるのか。それも二月二十一日までに)

本心はそれでいっぱいだった。

こちらの気持ちを察したのか、林が続けた。

「もし、次の約束までに話がまとまらなければ、ご一報いただければ結構です」

第二章　ノアの方舟計画

1．CTスキャナ、四千万円

二月十八日

B病院の買収が完了した。
備品に含まれなかったCTスキャナ。
CTスキャナ購入に関した謀（はかりごと）……。

私は一昨年初めに行った、Ｂ病院買収について思い出していた。

Ｂ病院の土地・建物・医療機器含めて、三億円で買い取ったのである。

病院の資産買収であった。

三十五床の小病院には、贅沢なＣＴスキャナが設置してあり、高齢の三輪院長が一人で操作していた。技師を雇う余裕などない弱小病院である。

買い取って初めてわかったのだが、このＣＴスキャナは三輪院長の個人所有で、買い取った病院の機器には含まれていなかった。


血気盛んな私はＢ病院買収を即断した。

その中でＣＴスキャナはこの病院規模では無用の長物だ。

病院の買い取り機器の内訳に入っていないのならば、即刻廃棄してくれ、と伝えた。

ところが、三輪院長からＣＴスキャナの廃棄は考え直してほしいとの申し入れが入った。

「あのＣＴスキャナは、事務局長たちが業者と組んで私に購入させたものです。一億弱の購入代金のリース料は私の院長報酬から天引きされているのです。ここを離れるとなると、ＣＴスキャナのリース代だけが私に残ってしまいます。どうか、ここに残してほしい。ここで働かせてくれないでしょうか」

私は件のＣＴスキャナについていろいろと調べてみた。

当時の資料に拠ると、購入価格は八千八百万円（設置工事代含む）となっている。市中に流布している廉価版（ただし、性能が悪いわけではないが）のＣＴスキャナであれば実勢価格は千五百万円前後とのことだった。

それが八千八百万円にまで吊り上がり、そのリース支払いが三輪院長の給料から毎月六十万円強差し引かれているのだった。残金はまだ八千万円ある。

これでは三輪院長の手元にはほとんど残らない。それが実態であった。

次に私はＣＴスキャナの納入業者を呼んで、このＣＴスキャナ設置にまつわる顛末を問いただした。また、ＣＴスキャナ購入の際の三輪院長の残したノートがあったため、それを土台として業者を聴取してみたのだ。

全八千八百万円のＣＴスキャナ購入代金の内、実際に掛かった代金と、設置代金はＣＴ室改装費を含めても、およそ二千八百万円だった。

八千八百万円マイナス二千八百万円は六千万円。

その差額はいったいどこに消えたのか。しかもそのツケをすべて三輪院長にかぶせていたのか。

さらに調べていくと、事務局長らは、病院車として購入した高級乗用車を乗り回していたことがわかった。

また、今回のＣＴスキャナ購入にかかわったそれぞれの業者らも、少額ではあるが金を受け取っていた。

さらに、彼らと事務局長は頻繁に〝会議〟と称して飲食やゴルフを繰り返していたこともわかった。

これでは弱小病院はすぐに立ち行かなくなるのは、火を見るより明らかだ。

それ以外にも使途不明な資金が数多くあり、そのほとんどは散財されたものだった。

かかわった業者たちもそれぞれ恩恵を被っていたのだ。

これでは三輪院長に勝ち目はない。

私がＣＴスキャナを手放した時点で三輪院長は路頭に迷う羽目になる。

「三輪先生。先生が事務局長らの口車に乗せられて購入なさったＣＴスキャナですが、はっきり申し上げて、この小規模病院では無用の長物です。経費が膨らむだけです。ですので、やはり廃棄することにいたしました。先生がここに残られても、また他の病院で仕事をなさったとしても月々六十万円強のリース支払いが追ってきますがどうなさいますか？」

「………」

「私がこの病院のオーナーとなった以上、先生に言い寄ってきた連中や、それに付随する業者に対しては、毅然とした態度を示さねばなりません。彼らとかかわっていたら病院の立て直しなどできたものではありません」

「……」

「先生がこの病院に愛着があり、残りたいお気持ちがあるのなら尚更です」

「……」

老齢の元海軍医は苦渋に満ちた顔をしていたがおもむろに、

「理事長。どうかここで働かせてください」

そう言うのだった。


三輪院長の腹が決まってからは、私の方針も決まったと言える。

私は早速、病院の固定電話から事務局長の携帯電話に連絡を入れた。

「今度、新しく病院のオーナーになった大城だが、病院車――院長車――が見当たらない。事務局長である君なら所在を知っていると思って電話している。二日以内に連絡がない場合は、警察に盗難届を出すつもりだ。連絡をくれ」

そう留守電に入れて切った。

翌朝、院長車だけがこっそりガレージにキー付きのまま置いてあった。

その後、その事務局長の携帯電話にコールするが「お客様の都合で……」とむなしく無機質なアナウンスが続くのみであった。

次に三輪院長の名前で〈ＣＴスキャナリース料支払無効〉の訴えを裁判所に提訴した。

土地・建物・医療機器込みで三億円の資産買収による病院の売買と言っていたが、このＣＴスキャナ代八千万円は私に内緒にしていたのだ。

ＣＴスキャナを廃棄すれば三輪院長は路頭に迷う。今回の買収は実際のところ、三輪院長付き、三億八千万円の買い物だったというわけだ。

「大城先生、少し話せますか？」

Ｂ病院のＣＴスキャナリース料支払無効の訴えに対する結審の日、私は裁判官に呼ばれた。

「大城先生、はじめまして。どうぞ」

裁判官はそう言うと私を個室に招き入れた。

「大城先生は本日の〈CTスキャナリース料支払無効〉の訴えに対しては、直接の当事者には当たりませんが、三輪先生が頼っていることもあり、結審を出す前にお話を伺いたかったのです」

誠実そうな物言いの裁判官であった。

「大城先生。単刀直入に申し上げます。判決を出すとなると、結果は三輪先生に未納の残リース料八千万円を一括で支払う……つまり残リース料一括支払いの命令を出さざるを得なくなります」

「ちょっと待ってください。裁判所には先にCTスキャナ購入時の顛末を書いた三輪院長メモを提出したはずです。八千八百万円のCTスキャナ購入代金に対して、実際の費用は二千八百万円だったはずです。差額の六千万円の内、半分でもB病院のために使われたでしょうか？　私はそうは思いません。事務局長らの車の購入代や、かかわった業者たちとの遊興費に散財されたのですよ」

「大城先生。私も先生のおっしゃっていることが事実であり、実態だと思っています。ですが、業者も含め口裏を合わせています。メモの内容が事実であったとしても、です。契約書に三輪院長が直筆で、署名・押印している点を挙げた場合、この契約は正式な契約書と見做さなければなりません。それと、私もＣＴスキャナの実勢価格について調べてみました。定価は一億とか八千万とかになっていますね。実勢価格は先生の言われる通り、千五百～千六百万円だったようですが、定価が高額に設定されていますので、法外な高値で売りつけた、ということにはならないのです」

「では裁判官。世間知らずな私たち医者は、泣き寝入りをしろということですか」

　裁判官は困った顔をした。

「法律とはそういうものです。正義が正義として通らないこともあります」

「裁判官。この法治国家には大岡裁判といったものはないのですか」

「大城先生。私も彼らがやったことを良し、とはしません。今から彼らを呼び入れて『残リース料を半額に落とせ』と交渉してみます。私にできるのはそれくらいです」

私はじっと彼の物言いを聞いていた。

「……裁判官にお任せいたします。こちらの情状を汲み取っていただき、ありがとうございます」

退室する時、裁判官と目が合った。

「四千万円用意いたします」

彼は「わかった」と身振りで示してくれた。

私は思い返していた。あの時の四千万円の出費は正直痛かった。

土井弁護士が「三輪院長の自宅の土地・建物を担保に抑えたほうが良いのでは?」と忠告してくれたことを思い出す。

三輪院長の個人の事後処理に四千万円捨てるのはいかがか……ということであろう。その通りだと思う。

だが、それでは病院を食い物にしている連中と同じではないか。

それに今思えば、あれ以来、B病院スタッフ全員と患者三十数名を三輪院長は守ってくれているのだ。海軍上がりの三輪院長は、CTスキャナの件以降、私を上官と位置付けたようだ。

以来、彼は私の前では椅子に腰を下ろそうとはしない。

だが、私より二十歳近く年上の医師である。医者仲間でも、先輩・後輩の序列は厳しい時代であった。二十歳年上の先輩医師を立たせておくなど以ての外なのだ。

「先生、おかけください。折り入ってご相談したいことが生じました」

三輪院長は一瞬顔をこわばらせた。

私が立て替えた四千万円の返済要求か？　もしくは自分の解雇の話か？　そう勘違いしたようだった。

「実は先生。まだ内密な話なのですが、これは厚生局からの依頼……と言いますか、まぁ、相談事です」

私は厚生局の林の名刺を机の上に置いた。

「先生にもご協力いただきたいと思っています」

三輪院長にほっとした表情が見られた。

「実は先生の部隊にご協力願いたいのです」

三輪院長は部隊という言葉に鋭く反応した。目に輝きが出てきている。

「実は先生。A病院の件です」

私は単刀直入に切り出した。

「あの……A病院は閉鎖したとの話ですが。ええっと……医師会の中での話です。そのA病院と理事長と何か関係がおありなのでしょうか」

三輪医師は怪訝そうに聞いてくる。

「A病院が活動停止しているのは事実です。経営破たんし、管理医師及びスタッフが全員撤退してしまったというのが実態です。ですが手続き上は廃院もしていません」

「そんな実態を役所は見落としていたのですか？　厚生局は怠慢・監督不行き届きと言わざるを得ませんな」

三輪院長は憮然と言い放った。往年の海軍医の顔がのぞく。

「先生。実はまだＡ病院には十三名の寝たきり患者が残っているのです」

「何？　Ａ病院の院長は患者を放置して消えたということですか？　それでは敵前逃亡と変わりないではありませんか」

三輪院長は明らかに怒っていた。目には力がこもってきている。

「どうした経緯だったかはわかりませんが、Ａ病院の院長は行方不明ということです。それに至る複雑な事情がおありだったのでしょう。Ａ病院の院長も患者を放棄する気などなかったのではないでしょうか。きっとやむにやまれぬ事情があったのでは？」

「………」

「三輪先生。先生の部隊――この病院のスタッフ、及び患者全員をお借りしたいのです。そのためには先生に指揮していただかないと、ここのスタッフや患者は動かないと思うのです」

三輪院長はじっと私の話を聞いている。目は往年の輝きを取り戻している。

「理事長。私は具体的に何をすればよろしいのでしょうか。ご下命ください」

「先生。命令とかではありません。A病院に取り残された人命を救いたいのです。その気持ちはこの林課長も同じだと思います」

三輪院長は頬を上気させている。目はどんどん輝きを増してきている。

2. 夜泣きそば

二月十九日

B病院買収後、当直に入った夜。

ふとしたことで一緒に夜泣きそばを食べることになった、病院職員たちとの巷談は……。

「今日は大城理事長が当直に入られます」

夕方の申し送り（日勤スタッフと夜勤スタッフの入れ替えのミーティング）の終わりに婦長が皆にそう告げた。

「え？　理事長先生って」

「ええ……。どんな人？」

「前の事務局長たちが言っていたわ。怖い人だって」

「まぁ、いやだ。私、今夜夜勤なのよ。どうしよう」

「怖い人って、いつも怒っているのかしら」

「三輪院長だって怖いじゃない。なんと言っても元海軍だしね」

「やり手ってことじゃないの？」

「若いの？　いくつくらいの人？」

「私も今夜夜勤なのに……どうしよう」

「今まで通り勤務すればいいのよ」

婦長がたしなめている。

「いくつも病院買収しているらしいよ」

「じゃ、お金持ち?」

「お金があれば、少しくらい怖くてもいいかぁ」

「ねぇ、三嶋婦長は会ったことあるの? いかつい? ヒヒじじい?」

若い看護婦たちの、つかの間のおしゃべりである。


「お疲れ様」

「お疲れ様。また明日」

「今夜の当直、理事長に怒鳴られないようにね」

「ねぇ、脅かさないでよ」

「どんなジジイか、明日聞かせて」

日勤のスタッフが三々五々、病院を後にしていった。

当直業務の数人のスタッフと婦長が残る。

「ねぇ、三嶋婦長。どうして今日、それも急に理事長先生が当直に入るってことになったの?」

「今夜の当直担当の内藤先生が、急遽来られなくなったの。向こうの大学の医局でも急な話で、内藤先生の代務者が間に合わなかったみたい」

「なるほど。今夜は内藤先生が当直予定だったのね」

若い看護婦たちがお互い目配せをする。

「この前の夜勤でのことがあったからね」

「きっとそうね」

「そういえば、この前もユキちゃんとは一緒だったね」

「そうそう」

「あんなことがあったから、もう内藤先生、ここには来ないかもしれないって……。私の予感、当たっていたか……」

「そうだね」

皆、話が尽きない。

「あなたたち、夕食の配膳は？　その前に検温は済ませたの？」

婦長が看護婦たちのおしゃべりをさえぎった。

「はい」

婦長の言葉を皮切りに、皆、各自に与えられた仕事をこなしに去って行った。消灯までの時間があっという間に過ぎていく。


皆が一段落し、ナースステーションに戻ってくる。入院患者の状態について申し送りが一通り終わった。今夜は熱発者もなく、安定しているようだ。


しばらくののち、看護婦たちは消灯後の病室を一回りして、ナースステーションに再び戻ってきた。

病院脇の路地に止まった屋台から、夜泣きそばのチャルメラが鳴っている。

「ああ、お腹すいた」

「私も。もうペコペコ」

「ああ、また病院食かぁ」

「おいしいステーキとか食べたいね」

「そうそう。たまには豪勢にね」

会話はとどまらない。

と、突然ナースステーションに電話のコールが鳴り響いた。

「あら、外線と違う。やだ。理事長室からよ。どうしよう。三嶋婦長、電話」

「もしもし。二病棟です。……、はい、婦長の三嶋です。……、はい。今夜は一、二病棟に二名、三、四病棟に二名です。それと私です」

「………」

こわばっていた婦長の顔がほぐれた。

「はい、わかりました。先生のは？　……、はい、六名分ですね。あの、どちらにお持ちしますか？　……、はい、わかりました」

婦長が電話を切った途端、看護婦たちがざわつき始める。

「三嶋婦長、何があったの？　呼び出し？」

婦長は笑みを浮かべ、

「誰か手の空いている人……じゃあユキさん。外の夜泣きそば、屋台の。そこでラーメン六杯注文しておいてって」

「え？　誰、誰？」

皆は色めき立った。

「理事長先生よ。それと誰か、ラーメン代を理事長室に取りに来てって。じゃあ、マユミさん。あなた、理事長室に行ってきて」

「え？　私が？」

「ユキさんは屋台に注文してきて」

「はいはーい」

そう言うなり、ユキと呼ばれた看護婦は階下に下りていった。

「三嶋婦長、注文してきました。十五分くらいでできるそうです。できあがったらチャルメラを二回鳴らすって」

そこに理事長室に向かったマユミと呼ばれた看護婦が、神妙な面持ちで帰ってきた。

「三嶋婦長。これ、理事長先生から」

マユミはおずおずと一万円札を婦長に手渡す。

「ラーメン来たら呼んでくれって。どうしよう」

マユミは顔を少し赤らめている。そして、おもむろに鏡の前に立ち、化粧を直し始めたのだった。

「マユミちゃん、ちょっとどうしたの？　何か変よ」

ユキに問われても、上の空で鏡を見ている。

路地裏から二度、チャルメラが鳴った。今度は婦長が、エミ看護婦とヒロコ看護婦を伴って階下に下りていった。


「理事長先生って独身ですか？」

いきなりマユミが口を開いた。

「ん？　ああ、そうだよ」

私はラーメンをすすりながら答えた。

「そうなんだ」

今度はユキが独り言のように呟く。

ナースステーションの奥には、小さなテーブルが一つ、ぽつねんと置いてある。

看護婦たちの小休憩室――まぁ、〝室〟と言っても単なるスペースにすぎないが
――である。

小さなテーブルで六人が肩を寄せ合うようにして、ラーメンをすすっている。

「ふー、おいしい」

エミが呟いた。

「理事長先生でも屋台のラーメンなんか食べるんですね」

ヒロコが初めて口を開く。

「うん。おいしいよね」

「いつも、ステーキとかお寿司とか、高級なお店に行っているイメージだもの」

「まぁ、確かにいろいろ行ったよ。お客さんに連れられて、ね。でも、どこそこの店に行ったたっていうことは覚えているんだけど、何を食べたのかは覚えていない。仕事がらみの食事では、何を食べても味がしないしね」

「……………」

「ここのラーメンはうまいね」

看護婦たちは顔を見合わせている。

「理事長先生、いつもどこで寝ているんですか」

「どうして？　まぁ、駅のホームとか、公園のベンチとかかな」

私はいたずらっぽく答えた。

「嘘ばっかり。高級ホテルのスイートルームで暮らしているって聞きましたよ」

私は笑って聞き流していた。皆、夜泣きそばで体が温まったせいか、普通の明るい年頃の女性たちに戻っている。

「ところで、婦長。この病院、看護婦たちの当直室は？」

「え？　理事長先生、そんな立派なものはこの病院にはありませんよ。そこですよ」

小休憩室の奥にある、半畳ほどの空間を婦長は指さした。

「ここ？」

と目を向けた私に婦長は頷いた。

「みんな、そこに簡易ベッドを広げて休むんです」

「腰が痛くなって痛くなって……」

「でも、寝る時間なんてほとんどないから、そのベッドでも床でも同じだけどね」

マユミとエミが口を挟んでくる。ヒロコは笑って皆の話を聞いている。

婦長はといえば、「困ったものだ」と言わんばかりの顔をしたものの、黙っている。

看護婦たちがこんなに明るく、楽しそうなのは久しぶりだと思った。いつも頑張っているこの娘たちに今日は小言はやめよう、と婦長は考えていた。

ラーメンを食べ終えて少し気がほぐれてきた頃、マユミが何の気なしに話し出した。

「そういえば内藤先生、また『例の人』が見えちゃったら、もうここには来てくれないかもね」

「例の人？」

私は訝しげに婦長を見た。婦長は明らかに困ったという表情を見せている。

私はマユミに聞いてみた。

「例の人ってどんな人？」

マユミは「あっ」という表情を見せた後、俯いてしまっている。看護婦たちが顔を見合わせている。話してよいものかどうか。

婦長もやや戸惑った面持ちでいる。しばらく沈黙が続いた。

「何か、嫌な人でもいたの？」

私は続けてマユミに聞いてみた。やがてマユミがおずおずと話し出す。

「先週の内藤先生の当直の夜のことなんですけど、私たちが夜勤だったんです。で、熱を出した患者さんがいて。内藤先生に一度見てもらおうと思って、当直室にコールしたんです。でも内藤先生、電話を切った後もなかなか病棟に下りてこないので、何か具合でも悪くなったのかな、なんて話してたんです」

　今度はユキが続ける。

「マユミちゃんがもう一度当直室にコールすると、内藤先生が出て『四階の踊り場のところに変な女性が立っているから、階下に行けない』って震える声で話されたんです。それで私たちはみんな、『あっ、また出たんだ』って思いました。とりあえず、解熱の坐剤を入れるよう指示だけいただいて電話を切りました」

「またって？」

　私はマユミに続けて問うていた。婦長も含め、皆沈黙している。

「婦長。ひょっとすると、みんなが『出た』って言っている人は、私の部屋の壁に掛かっている姿見の中にいる女の人のことかな？　赤ん坊を抱いている……」

　今度は皆、驚愕の顔を見せ、互いに顔を見合わせている。

　婦長が口を開いた。

「先生もご存じだったんですか？」

「ああ。この病院を買って、私が入った時からあそこの鏡の中にいるね」

温かった空気に冷たい何かが吹いたような気がした。沈黙が時間を支配する。

そんな空気を一掃するかのように、婦長が皆を促した。

「さぁ、みんな。もう見回りの時間よ。まわってきて」

「先生、ごちそうさまでした」

「ごちそうさまでした。おいしかったです」


看護婦たちが去り、小休憩室には私と婦長が残った。少し気まずい時間が流れていく。そんな中、話を蒸し返すのもどうかとは思ったが、私は思い切って聞いてみた。

「例の人だけど、外にも出ることがあるの？」

「はい。それももう何年も前からです。まぁ、ここはもともと産婦人科病院でしたから。そうした話の一つぐらいはあるだろう、程度に思っていました。ですが、私も何度か当直業務を手伝ううちに、例の人を見るようになりました。特に、四階の理事長室の前の踊り場から、三階へ下りて行く階段付近でよく見かけます。それに、幼子の泣き声が四階から聞こえることもある、とスタッフから聞きました」

「そうですか。で？　その人は皆に、なにか悪さをするのですか？」

「いえ、そんなことを聞いたことは、今まで一度もないです」

「まぁ、病院にまつわるこうした類の話は、おしなべて面白おかしく伝わるようですから。皆には、もう婦長のほうから指導してくれているようですので、私が改めて言う必要はないと思いますが、このような話を面白半分に他人に話さないように。その人がかつてこの病院に入院、もしくはかかわった人であれば尚更です。亡くなった人に対しても、私たち医療人は守秘義務がある、ということを皆に諭してください」

「ええ、もちろんです。興味本位にその人を語るのは、厳に慎まなければ、と私も思います」

「ところで、婦長もその人を見ているのですね？」

「ええ」

「大学から来てる内藤先生も見ているのですね。対外的にはそちらのほうが問題かもしれません。しかし、不思議な現象ですね。皆が同じ像をイメージしている。脳のどこが、どういった刺激で反応するんでしょうかね」

「……はぁ。先生、これラーメン代のお釣りです」

「ああ。それは皆で茶菓子でも買う足しにして。皆が疲れた時は甘いチョコレートか何かあれば気分も変わるように思う。……あ、婦長のほうが女の子の気持ちを十分掌握できているよね」

「先生、今日はありがとうございました。久しぶりに皆の明るい笑顔を見ました」

「それはそうと、婦長。ここには休憩室も仮眠ベッドもないんだね?」

「はい」

「わかった。今日はごちそうさま。また、夜泣きそばが来たら呼んでください」

私は四階の自分の部屋へと上がって行った。

婦長が一人、ナースステーションに残っていると、看護婦たちの質問攻めが始まった。

「三嶋婦長、理事長先生っていくつかな？」

「怖い人だって前の事務局長たちが言っていたから、てっきり熊みたいな人だと思っていた」

「あら、ユキさん、気になるの？」

「まぁね」

「そういえば、理事長先生も『例の人』が見えるみたい。三輪院長なんて『ばかげている』って取り合ってもくれなかったのに」


翌日、B病院のナースステーション奥のスペースに、壁収納可能な仮眠ベッドと休憩用の折り畳みテーブルが取り付けられた。

一方で大学の医局へは、次のような文面が送られていた。

B病院の施設老朽化に伴い、病院の改築・改装を予定しております。医師当直室も含め改装を予定しております。つきましてはいったん工事期間中の休院を含め検討中でございます。

貴医局に於かれましては、引き続き休院中も当直業務が途切れないよう、手配いたしたく存じますので、今後ともご協力の程、よろしくお願い申し上げます。

詳しい状況がわかり次第、逐一ご連絡申し上げます。今後とも御支援の程、よろしくお願い申し上げます。

B病院　理事長　大城　誠

3. ノアの方舟

二月二十日

B病院ごとA病院に移転する。
奇想天外な計画を、現実に実行するというのか。
ノアの方舟のごとく……。

「林課長。大城です」

私は経過報告すると伝えてあったので、林に連絡を入れた。

「ああ、大城先生。お疲れ様です」

いつものように丁寧な口調の林の声が、受話器から聞こえてくる。

しかし、やはり緊張しているのが、電話越しにも伝わってくる。

「課長。明日のご報告の件ですが、もう一日、明後日までお時間をいただけませんでしょうか？」

私は電話口で林に伝えていた。

「やはり苦戦していらっしゃるのですね。本当に恐縮です」

電話の向こうに額の汗を必死でぬぐう林の姿が浮かぶ。

「いえ、そうではありませんが、現在、B病院内のスタッフを一つにまとめているところです。明日、婦長と話をします。なにせB病院丸ごとのA病院への移送です。ですが、探していた大義が見つかりました。その件で婦長を説得します。きっと協力してくれると思います」

「ああ、そうでしたか。よかった……。こちらも報告があります。A病院の院長の行方がつかめそうです。行方をつかみ次第、ご報告できれば、と思います」

少し間があって、再び電話口から林の声が聞こえてきた。

「つかぬことをお伺いいたします。『大義が見つかった』とおっしゃいましたが、どのような『大義』なのか、教えていただいても構いませんでしょうか？」

林の声は明るさを取り戻している。

「ええ、もちろんです」

私はそう答えていた。

「B病院の全面的な改装が必要となったことです。それも早急に。B病院の施設の老朽化については、買収した時点からの懸案事項ではあったのですが、今回、ある事件を発端に早急な改善が必要となってきました。この件はスタッフ全員が周知のことでしたが、私がこの件の真の問題点に気付いたのはつい先日。B病院に当直に入った時なのです。B病院のような小規模病院は、大学の医局とのつながりが必須です。今回の病院改装は、対外的な支援要請を強固なものにするためにも、必然策の一つでもあるのです」

「いずれにしても、病院全面改装という大義ができたわけですね」

「ええ、そうです。B病院全面改装のため、最低一年の休院という『大義』ができました。全員のA病院への移転の必要性ができたのです。また、『早急』という理由についてですが、大学医局からの派遣当直医に対する医療環境整備が『早急に』必要となった事態が生じた……とでも申し上げておきましょう」

私はそう伝えたものの、おそらく林には事態の全容は把握できなかったであろう。

「まぁ、いずれにいたしましても、B病院のA病院への移送の大義ができた、ということです。具体的に実行可能にするために、明日、婦長を説得するんです」

「朗報をお待ちする……ということでよろしいですか?」

電話口を通した林の声から、期待と不安が伝わってくる。

「ええ。明日のお約束を一日延ばしてしまい申し訳ありません。明後日、二月二十二日、午前十時でよろしいでしょうか?」

私は電話口でそう話していた。

「ええ、もちろんです。それでは明後日の二月二十二日、午前十時にお待ちしております。恐縮です」

林の額の汗をぬぐう仕草がふと浮かんで消えた。

4．方舟の船出に向けて

―残り七日―

二月二十一日

いよいよB病院のA病院への全面搬送。
ノアの方舟計画の実行準備が始まった……。

「失礼します」

ノックの後、理事長室の扉が開いて、三嶋婦長が入ってきた。

「理事長先生。ナースステーションの仮眠ベッドと机、ありがとうございました」

「ああ。急がせたので即席ですまないね。もし不具合があったら言ってくれ」

「いいえ。動線もいいし、看護婦たちの小物を置く場所まで確保していただいて本当に助かっています」

そう言い終えると、婦長はその場を去ろうとする。

「あっ、婦長。少し時間いいかな。相談したいことがあるんだ」

「ええ。しばらくは、病棟も落ち着いていますから大丈夫です」

「まあ、かけて」

私は応接用のソファーに婦長を促した。私も椅子から立ち上がると、婦長の向かいのソファーに腰を下ろす。後ろの壁には〝例の〟大きな姿見が取り付けてある。

私がちらと姿見に目をやると、婦長はその姿見を改めて振り返り、

「ここに『例の人』がいるとおっしゃるのですね」

「ああ。今はいないよ。ここで仮眠をとった時や、この前のように当直している時に時々姿を現すことがあるね」

「えっ！　先生、ここで当直されているのですか？　医師当直室は？　医師当直室にはベッドがきちんとあるのに。ここのソファーではゆっくり休めませんよ」

「いや、ここのほうが落ち着くんだ。それに目を通したい書類もここにはたくさんあるからね」

「そんな。私たちの仮眠ベッドを心配なさっている場合ですか」

　婦長は呆れ顔で見ている。

「ところで。今、仮眠ベッドの件と、当直の女医先生の問題も考えていたんだ。……婦長、実は、どちらも一挙に解決できるようなことを考えている」

「それはどのようなことでしょうか？」

「婦長。この病院もいい加減古い。古さがゆえの機能的な不具合も出てきている。だからこの際、思い切って改装をしようかと考えている」

「善は急げ、と言いますからね。そうですか。それでいつからとお考えですか？

それと改装期間中、患者さんや私たち職員は？」

「そのことなんだけど。この病院を改装している間、およそ一年。この病院を休院しようかと考えている。君たちと患者さんは別の病院……といっても僕の病院なんだが……そこへ一年ほど異動できないものかな」

「確かにこの病院は古くて、ナースステーションに仮眠室もありませんでしたが、皆、住んでいる家が近くだったりして、各自の生活圏の中なので通いやすかったりしていると思います。ちなみに異動するとなると、どのくらい遠くになるのですか？」

「ここから車で約三十分のところです。ただ、生活圏のことを言われると、全く環境が変わってしまうのかもしれないね」

「そうですか。でも、この病院がきれいになるのなら、一年間くらいは動けるかもしれません」

「もちろん、ここでの労働条件よりは改善していると思う。給与も少し上がると思うよ」

「先生が異動せよとおっしゃるなら異動しますよ」

「婦長。私は今回、スタッフを一人残らず連れていきたいのです。一人も欠けることもなく。協力してもらえるかな」

「それはもちろん。ただ、どこへ、いつ移る予定かも全くわかりませんし、皆に話をするにしても、どこからどうやって話していいのかわかりません」

「A病院は知っていますか?」

「よく知っています。確か、今は廃院して廃墟みたいになっている、と。いえ、実は私の知り合いが以前そこに勤めていたので。パウダールームとかシャワーブースなど、看護婦たちの当直室とかは充実していて、看護婦たちには評判の良い設備の病院だったと聞いています」

「………」

「先生、まさか、A病院をお買いになるおつもりなんですか?」

「ああ。だが実は今、手詰まりで困っている。だから相談している。まぁ、最終的には私が決断することなんだけれどね。ただ、病院内というのは、婦長たち女性陣が築き上げてきた職場です。確かに今は男性の看護士も増えてはきたけれども、やはり病棟ワークは女性中心の職場だと思っている。男女同権とは言うけれど、病棟や病院内のことは、婦長を中心に回っていくほうが大概うまくいく。一方で男性陣は皆が安心して働けるよう、外部との渉外にあたっていく。実際、家でもかかあ天下のほうがうまくいくように思うんだ」

「ご自分の家庭も持っていらっしゃらないのに全く。でも、以前の事務局長たちがいなくなってから、三輪院長をはじめ、病院の職員みんなが先生を慕っているのは事実ですけど」

「婦長。ここだけの話にしてほしいんだが、A病院は実は廃院していない。それどころか、十三名の寝たきり患者が残っているままなんだ。かれこれ二か月近く放置されているらしい」

「え？　患者さんたちはどうしているんですか？　体調を崩した人はいないのですか？」

「A病院付だった家政婦たちが、他の病院に移ってからも、順繰りに来てお世話をしているようなんだ」

「それでも糖尿病や高血圧の人たちがいたら、どうしているんですか？」

婦長は心配そうだ。

「ところでA病院の院長は？」

「行方不明とのことだ。だから正式に廃院手続きもなされていない。院長をはじめA病院の医療従事者すべてがいなくなって、二か月になろうとしているということだ」

「そんなことになっていたのですか……」

「実は、この件について厚生局からオファーが来た。今月いっぱいでA病院を再建してほしい、と」

「先生はその見捨てられた患者と病院を助けたいというのですか？」

私は黙っていた。

「よくよくお人好しな人ですね、先生は」

婦長はもはや、呆れ顔を隠そうともしないで私を見ている。

「このB病院のチーム全員で助けに行きたい。これが本心です」

「で、いつまでです?」

「だから、今月いっぱい」

「えっ?　本当に今月いっぱいなんですか?　もう一週間もないじゃないですか」

「そうなんだ、実は」

「全くもう……。わかりました。皆を説得してみます。ところで三輪院長には?」

「概略は話しました。でも家の中のことは女房に話さないとまとまらない」

「先生はやさしい顔して本当に強引なんだから」

婦長は言葉では怒っていたものの、どこか嬉々として理事長室を出て行ったのだった。

第三章　方舟の終着点

1. 紅梅の香り
―最後のハードル・残り六日―

二月二十二日

ノアの方舟が漂流しないように、
しっかりと錨を下ろせる終着点を確保できるのか……。
いつもの小道には、紅梅のほのかな香りが漂い始めていた。

「大城先生。お待ちしておりました」

林課長は相変わらず慇懃に出迎えてくれた。

「ああ、課長」「あの、大城先生」

二人は目を合わせた。

「どうぞ、課長のほうからおっしゃってください」

「いえ、あの……。では先にご報告申し上げます。A病院のK院長の所在がつかめました」

「どこにいらっしゃったんですか?」

「ある病院に入院していました。今回のA病院の経営破たんが契機となったようで、心因反応が高じて精神のバランスを欠いてしまわれたようです。以前、先生のお話にありました、『A病院の院長と連絡を取る』という件ですが、現在のK院長の状況を考えますと……理性的な話は難しいかと思われます」

林はここまで伝えると、再び困惑した表情を見せた。

「そうでしたか。ご苦労様でした。ところで他にも大事なハードルが残っていましたね。いかにして債権付の物件に、居抜きで他の病院が入り込むことができるのか。だからK院長と話し合う必要があったのですが……」

「先生、その件につきましては、こちらで動いてみてよろしいでしょうか」

同席していた顧問弁護士の土井が口を開いた。

「ああ、ご紹介が遅れました、課長。当法人の顧問弁護士の土井先生です。先ほどのK院長の所在がわかれば先に連絡を入れてほしいとお話ししていたのは、こちらの土井弁護士です。今日、A病院の件で打ち合わせが進展する線が見えてくるのであれば、法的な部分を煮詰めておこうと思い、本日同行願ったのです」

「それは、それは。実は今朝になって、正確にK院長の所在が判明したばかりだったのでご連絡できませんでした。あらためまして、厚生局の林です。今回は大城先生に大変なお願いをしてしまい、心苦しいかぎりです。ですが、やっと解決の糸口が見えてきたように思っております。当局の連中もやっと光が見えて、精力的に動いてくれています」

「はじめまして。弁護士の土井です。今後ともどうぞよろしくお願いいたします。ところで話を戻してしまいますが、K院長には確か、代理人弁護士として山本先生がいらっしゃったはずです。もし数年前と変わっていなければ、現在も山本先生と話すことができると思います。もし山本先生でなかったとしても、現在、そうした代理人たる弁護士がいるかどうかが確認できれば、その線からも話を詰めていけると思います」

土井弁護士はしっかりとした口調で話をしてくれた。

一昨年の秋、S銀行からA病院のM&A依頼があった時に、土井弁護士は中心的な役割を担ってくれた。そのため事態の飲み込みはすこぶる良い。

「なるほど。それはそうと、大城先生のほうの進行具合はいかがでしょうか。今日、弁護士の先生がご同行なさってくださっているところを拝見すると、首尾は上々とお察しいたしますが。ああ、こんなところで大変失礼いたしました。どうぞこちらへ」

林は私と土井弁護士を、いつもの窓のない小部屋へと案内してくれた。今日は女性の事務員が三人分のお茶を入れて運んでくれた。お茶は程よく温かく芳ばしい。私たちはお茶をいただくと、早速本題に入った。

「それでは林課長。私のほうから報告です。

私がA病院の開設院長に就任する件、それに付随した当法人内の人事異動については、ようやく根回しが終わりました。まだ定款の変更や議事録などの事務処理が残ってはおりますが、これも外部へ委託するものをできうるかぎり少なくしたいので、土井先生の事務所に一任しております。

次に新生A病院の医療スタッフについてですが、B病院の三輪院長を筆頭に、婦長以下、看護婦・薬剤師も含め、スタッフ全員でA病院に移動する手はずが整いました。また、現在B病院に入院中で、他の病院への転院や自宅へ退院のできない患者二十数名も、同時に移動することになっています。

あとは債権付の土地建物に居抜きで入居できるかがポイントとなってきます。賃貸となりますから、家賃の設定についても、債権者であるS銀行との間で話し合える余地を残すような条件での設定としなければなりません。先ほど土井先生のおっしゃっていた、K院長の代理人との話し合いができるような条件設定が必要です。今日はすでに二十二日。あと六日しかありません」

「大城先生、土井先生。本当にありがとうございます。この線で煮詰めていきましょう」

「お願いします」

「では私は、まずK院長の代理人弁護士だった山本先生に連絡を取ってみます」

土井弁護士が切り出した。

「以前、S銀行には苦汁を嘗めさせられましたから。今もあの時のことはよく覚えています。債権付土地建物に、居抜きで賃貸する方法につきましては、どうか私に一任くださいませんか。案を作っておきます。先ほど申し上げましたように、まずはA病院側との接点を探ってみます。つきましては大城先生。明日、二月二十三日の夜にでも先生のところに伺わせていただきたく思います。病院のほうがよろしいですか、それとも……」

「いえ、私の自宅で。話が外部に漏れないようなところのほうがよいかと思いますので」

「ああ、わかりました」

「それでは早速連絡を取り合ってみるとしましょう」

　土井弁護士は笑顔を返すと私と林を残して小部屋を出て行った。


「では課長。こちらはこちらで、できることを進めていきましょう。新生A病院の開設にあたって、開設届の内容をメモしてきました。人事、特に医師・看護婦・薬剤師などについては、現時点で三十五床までは即開設に足る人員と内容になっているかと思います。八十床の許可病床については、医師・看護婦の補充が整い次第、埋めていくということでいかがでしょうか」

「拝見いたします。……うん、これでいきましょう。それと旧A病院の廃止・廃院については当局でやっていきます」

「課長、旧A病院に残っている患者さんは、その後いかがですか。具合や体調を崩した方はいらっしゃいませんか」

「今のところ現状維持と聞いています。病院の隣が所轄の保健所ですので、報告は都度、受けております」

「患者さんがまだいらっしゃる以上、病院の廃止と開始は、途切れることなく連続性がないといけませんね」

「おっしゃる通りです。ですから、今月二月二十八日廃止、三月一日開設という流れになります。それでいかがでしょうか」

「それしかないですね。B病院の患者については、福祉タクシーか何かで、三十分ほどで移送できると思います。重い病態の方で、他に受け入れがなかった方が二名ほどいらっしゃいます。こちらは救急車による搬送を考えております。ところで課長。こういった事態が所轄の保健所の近隣で進行していたということでしょうか？」

「いや、面目ありません。灯台下暗しと言いましょうか……。先にお話ししたように、近隣県からのマスコミに指摘されて初めて気付いた次第なのです。全く以て面目ない……」

林は今日も変わらず、しきりにハンカチで汗をぬぐっている。

「それと、近隣の医師会への根回しはできていますか?」

「いえ……大城先生のところにお話を持っていく前に打診はいたしましたが、それ以降の接触はありません」

「……」

私の困った顔を見て、林のほうが口を開いた。

「どのようにすればよろしいでしょうか」

「最初に医師会へはご相談なさったのですね?　そのうえで良い返事がいただけなかったのですね?」

「はい」

「……今すぐに動くのはまずいかもしれませんね」

「と、おっしゃいますと?」

「A病院の破たんについて、医師会に所属するすべての先生方が残念と思っていらっしゃるとは思えません。今、下手に動いて、何らかの妨害や律速事が起こらないとも限らないのです。今はこの事態を外部に漏らすのはやめておきましょう。まぁ、近隣の医師会に挨拶がない、との『お叱り』はあるやもしれませんが……。林課長も、今回の件、相手が崇高な方であったとしても話さないでください。それよりもまずは、三月一日に無事、新生A病院を開設することだけに集中していきましょう」

「そうですね、そうです」

林は納得顔で何度も頷いた。

「土井先生はうまく相手と接触できますでしょうかね……」

林は心配そうにひとりごちた。

「課長。土井先生はB病院の買収だけでなく、A病院のM&Aに関してもS銀行とやり合ってきています。A病院が破たんした経緯や、S銀行との債権・債務についても熟知しています。賃貸借契約における妥協点、落としどころは心得ていらっしゃいますよ。ただ……限られた時間だけが気になります」

私はそう言うと林の顔を見た。

「でも土井先生ならなんとかやってくれますよ」

何の根拠かはわからないが、妙に確信を持った返事が思わず出てきたのだった。

2. 子猫に注意！

二月二十三日夜

最後の交渉日前夜――
温かなチャイの一服。

マンション一階エントランスから自室へのチャイムが鳴った。部屋のモニターには土井弁護士の顔が映っている。

「土井先生。今ドアを開けます」

そう言うと、エントランスから館内に通じる開き扉を開けた。

しばらくして、三階自室の玄関のチャイムが鳴った。今度は玄関のモニターに土井弁護士の顔が映る。

「お疲れ様です。どうぞ」

そう言い、玄関のドアロックを解除した。私は居間から玄関に通じる廊下を伝っていく。玄関のドアを開けると、土井弁護士がちょうど居住まいを正しているところだった。

突然玄関ドアが開いたので土井弁護士はびっくりしたようだ。

「大城先生。夜分に恐れ入ります」

「こちらこそ、お疲れ様です。どうぞおあがりください」

私は土井弁護士を招き入れた。彼は玄関ドアに掛けてある〈子猫に注意！〉の札をじっと見ている。

「大城先生、猫を飼っていらっしゃるんですか？」

「ええ、飼っています。そういえば土井先生、自宅は初めてでしたね。ひょっとして猫は苦手でしたか？」

「いえ、猫は大丈夫、むしろ、どちらかと言えば猫派です。ご自宅にお邪魔するのは確かに初めてですね。書類等の作成があったので、ご自宅のご住所は存じ上げておりましたが」

土井弁護士は物珍しそうに、玄関から廊下に置いてある調度品や絵などを眺めている。

「先生、絵もお描きになるのですか？」

意外だと言いたげな顔で質問を重ねてくる。

「絵と言えるようなものではありませんよ。ただの落書きです」

「これは油絵でも水彩画でもないですよね」

「ああ、パステルです。時間が許せば日本画の絵具で畳一枚ぐらいのものを描いてみたいところですが……。まぁ、あくまで希望です」

「以前から描いていらっしゃったのですか？」

「いいえ、ここ数年です。江戸時代の京都の画家で伊藤若冲という方がいます。彼は四十を過ぎてから絵を始めたそうです。それまで実家の仕事が忙しかったようで。で、店をたたんでから絵を始めたとのことで、その人の四十年来の思いが絵に表れていました。器用に立ち回って生きてきたというより、いろいろな障害にあたり、ぶつかりながら生きてきた、と思わせる迫力があります」

「大城先生。私は無趣味で絵画とかは全くわからないのですが、先生の絵は好きです。なぜかホッとする絵ですね」

「『ヘタクソだけど……』でしょ？」

私は笑いながら続けた。

土井弁護士は廊下に掛けてあった雪山の絵を見ている。

「まぁ、どうぞおかけください」

私は手前のドアを開けると、土井弁護士を居間のほうへと案内した。

三十畳ほどのフローリング張りのリビング・ダイニングである。長く大きなソファーと、ソファーの高さに合わせた木製のソファーデスクが、居間の中央に主のように居座っている。

居間に入って右奥には、カウンター式キッチンとキッチンデスクがある。キッチンはオール電化のため、コンロに凹凸はない。

以前、ハナは電気を切ったばかりで、まだ冷めていないIHヒーターの上を歩いて、足の裏にやけどを負ったことがある。それ以来、キッチンには近づかない。よほど懲りたのであろう。

ところで今日、ハナはまだ姿を見せていない。どうしたのだろう。書棚や食器棚の上を確認するものの、そこにもいない。

「いらっしゃい」

明るい声が私の書斎のほうから聞こえてくる。ユカがハナを伴って、書斎のほうから出てきた。

「あっ！　ハナ、ダメよ」

そうユカが言い終わらないうちに、ハナは土井弁護士の座っているソファーに向かって走っていった。いつもの挨拶、〝肩車〟を客人に仕掛けたのだ。

土井弁護士は思わず、「あっ」と声を出して立ち上がった。ハナはしっかり両肩に抱きついたまま、ぶら下がっている。両後ろ足は上背のある土井弁護士の臀部にまで達している。

「ハナ、やめなさい。お客様よ。こっちに来て」

ユカの声にハナはしぶしぶ肩から下りて、一気に書棚の最上階へと駆け上がった。そして得意そうに皆を見下ろしているのだった。

「ははは。先生、びっくりさせてしまったね」

「なるほど、あれが注意すべき〝子猫〟というわけですね」

土井弁護士は頬を上気させて苦笑していた。

「土井先生、はじめまして。ユカと申します」

「はじめまして……あの……」

土井弁護士は戸惑っていた。思わぬ猫の襲撃の後、色白の華奢な娘が登場したのだ。何をどう理解していいのか、思いを巡らしている様子である。

「土井先生。ユカさんです、それとハナ。この家の住人です」

私がそう付け加えたが、土井弁護士はまだ事態を呑み込めていない。ただ茫然とソファーの脇に立っている。

「先生。立っていないで、どうぞ座ってください」

「あ、はい」

土井弁護士は我に返って、再びソファーに腰を下ろした。

思わぬ歓迎を受けてまだ面喰らっているのが手に取るようにわかる。

ユカはおかしそうに笑いながら、

「土井先生。チャイは飲まれますか?」

と聞いた。土井弁護士はさらに戸惑いながら、

「……えーと……チャイ? とは?」

そう聞くと私のほうを見た。

「ああ、ミルク出しの紅茶のことです。体が温かくなりますよ」

私が説明する。

「なるほど。では、ありがたく頂戴いたします」

彼はユカに向かって答えていた。

ユカはキッチンに向かうと、ポットに牛乳を入れ、中火で熱し始めた。頃合いを見ながら、アールグレイの茶葉をポットに入れていく。

香ばしい香りがキッチンのほうから漂ってくる。

続いて、冷蔵庫から手作りの紅茶のシフォンケーキを取り出すと、食べやすい大きさにカットしていく。

彼女が南の島に行った時に焼いた、手作りの陶器の皿にそのシフォンケーキをのせると、ホイップクリームを添え、ミントの葉を一葉あしらった。

そして、これも彼女が焼いた陶器のミルクポットに、蜂蜜を小分けに入れシフォンケーキをのせた皿の上に添えた。

チャイの柔らかな香りを漂わせながら、シフォンケーキがソファーデスクの上に並べられた。

「このティーカップもユカさんが作ったものなのですか？」

皿もミルクポットも、ティーカップもやさしい藍色で統一されている。

海の色。ユカの好きな南の海の色である。

「おいしい……」

土井弁護士が呟いていた。

チャイを一口飲んでいる。シフォンケーキにも手を付けている。

「このケーキもユカさんの手作りなのですか？」

ユカはやさしく頷いている。

私もチャイを口にした。濃い目のアールグレイをミルク出しすることで、程よいコクと香りをミルクに移していた。

「では、どうぞごゆっくり。ハナ、おいで」

そう言うとユカはハナを連れて自分の部屋に入っていった。

書斎の隣の空き部屋、以前は倉庫兼衣裳部屋として使用していたのだが、片付けてユカの部屋に改装したのだった。彼女の好きな家具も買いそろえ、暮らせるようにしたのだ。

ハナも彼女の部屋が気に入ったのか、最近では四六時中、彼女の部屋に入り浸っている。


「ところで土井先生。今、どのような状況ですか」

私は本題に入っていた。

「はい。まず、A病院の顧問弁護士は以前と変わらず山本先生でした」

土井弁護士が切り出す。

「A病院の院長についてですが、林課長のおっしゃる通り、この一年半ほどの期間、病院経営の苦境から心労が重なり、倒れられたようです。強い心因反応が前面に出て、現在、精神科に保護入院している状態です。山本弁護士は、S銀行がA病院にM&Aを仕掛けた時から、A病院の顧問を引き受けていらっしゃいます。今年に入って事態が急変したため、院長の代理人として事後処理をなさっていました」

「土井先生、こちらの事態の進展についてはお話しされましたか？」

「はい。今回の件については厚生局からの依頼、というか『お願い事項』であることは話しました。さらに、このまま役所へ連絡もしないまま事態が進展してしまえば、A病院側には極めて不利になるということもお話しいたしました。山本弁護士も状況はご理解いただけているようで、まずは厚生局側の対応を優先させましょうとのことでした。ちなみに山本先生は、A病院に入院患者十三名が取り残されていたことはご存じなかったようで、非常に驚かれていました。それでまずはその十三名の患者の救済と病院機能の回復を図るという点で、私たちは意見の一致を見ました。

次に、家賃設定と医療機器のリース残の処理、またK院長個人の銀行以外の借入金についても話が出ましたが、いずれも家賃設定の中で処理できるものと思われます。まだリース残の支払いをどうするなどの細部は決まってはいませんが、それについては明日詰めきりたいと考えています」

土井弁護士は一気に報告した。私は、至極もっともな詰め手だと思って聞いていた。

「ところで、家賃設定について、妥協点は見つかりそうですか？」

「大城先生、一昨年のことを覚えていらっしゃいますか？　S銀行からのM&Aの条件の中で、負債十億の肩代わりと、十億に対する金利〇・二五％のみで元本十年は据え置きという条件でした」

「ああ。そうだったね」

私はぼんやりと思い出していた。

「S銀行に対しての答え……と言いましょうか。まず毎月、家賃二百五十万円を入れる。A病院に対して支払われたその家賃を、S銀行が差し押さえるのか。もし差し押さえてくるのであれば、一昨年のM&Aの話の蒸し返しとなります。もしくは、問答無用という体で、一気にA病院の資産に対して競売に打って出てくるかもしれません。いずれにしてもこの家賃設定は意味を持ちます」

「A病院側とすれば、もう少し家賃を上げてほしい……などと言ってくるのでは？」

「確かに大城先生のおっしゃる通りです。ですが、スタッフも何もない空き箱のような病院で、『家賃で営業してください』というのとはわけが違います。事実上の倒産状態で、行政処分も免れない状況なのですよ。だからこの家賃設定には意味があるのです。その点では山本弁護士を十分説得しうるものだと思われます」

「それでは土井先生。医療機器等のリース残に関しては、こちらが引き継いで支払っていく、ということではどうでしょうか?」

「なるほど。家賃をこちらの提示で受けてもらう代わりに、リース代等はこちらで処理するよ、ということですね」

土井弁護士は、少し飲み残していたチャイをすすっている。

「このチャイ、冷めてもアイスミルクティーのようでおいしいですね」

一気に話をして口が渇いたのか、おいしそうに冷えたチャイをすすっている。

「もう一杯入れようか?」

そう勧める私に、

「いえ、もう結構です。この後事務所に戻って、先ほど大城先生と話した内容で、

A病院の土地・建物・医療機器一切を借り受けるという契約書を作成いたします。……間もなく日付が変わります。今日はもう二十三日です。明日の午後、山本弁護士にアポイントを入れてあります。明日中に、A病院側と今回の条件で賃貸契約書を巻くつもりです」

そう土井弁護士は自分に言い聞かせるように言葉をつないだ。

「そうですか。では土井先生。明日はこれを持って行ってください。それと先生宛に委任状を作成しておきました」

「大城先生、それは？」

「法人と私個人、両方の実印です」

私は実印の入ったケースを土井弁護士に渡した。

「それと、土井先生。これ」

「こちらは先ほどおっしゃっていた私宛の委任状ですね。それと、こちらは印鑑証明。何から何まで用意していただいていたのですね」

「土井先生が明日、A病院側と契約できるかどうかで、ここ十日間の皆の努力が実るか、無駄になるかの瀬戸際なのです。それなのに何の武器も持たせず、丸腰で向かわせるわけにはいかないでしょう。話の決着がついたら、間髪を入れず押印していただきたい」

私は土井弁護士の目を見てそう話していた。百戦錬磨の土井弁護士だが、今回はさすがに緊張した面持ちで、

「そこまで信用していただき、ありがとうございます。明日、必ず契約書に署名させます。なにせ残された時間は少ないですからね」

土井弁護士はまたしても自分に言い聞かせるように呟いた。

玄関に向かって歩いている途中で土井弁護士はふと、不思議だといった表情で振り返ると、

「大城先生。つかぬことを伺います。さっきのソファーデスク、あれ、隠し扉がありませんか？　扉の内側に分厚い碁盤がすっぽり入るような……」

「ん？　ああ、そうですよ。よくご存じで。倒産したＴ病院の理事長室にあったも

のです」

私は正直に答えた。

「やはりそうでしたか。……大城先生はT病院にもかかわっていらっしゃったのですか？」

「……」

私は笑って玄関ドアの扉を開け、そこから外玄関に向かっていく土井弁護士の背中を見送った。

振り返った土井弁護士は目を輝かせ、私に会釈をして出て行った。

3. 午前二時
―残り三日―
二月二十五日

方舟の終着点……。
漂流しないように
しっかりと錨を下ろすことのできる場所……の確保が……。

「バンザイ、バンザイ」

万歳三唱の声が電話の向こうから聞こえてくる。

「課長、ずいぶんと賑やかですね」

「みんな残っていました。みんな先生からの連絡を待っていました」

「えっ？　課長、もう午前二時ですよ」

「ええ。よかった。ありがとうございます。いよいよ明日、いや今日から、ですね」

「こんな夜分のご連絡になってしまい申し訳ありません。課長にはＡ病院との契約が決まり次第連絡するというお約束でしたから、こんな時間になってしまいました。土井弁護士が相当粘ったみたいです。先ほど契約完了したと連絡が入ったばかりです」

「実は二十四日の午後からずっと、Ａ病院側の山本先生が債権付物件への賃貸借契約に応じるかどうか、皆、固唾を呑んでいたのです。土井弁護士から逐一、交渉状況をご報告いただいていたので、私も交渉の場に同席させていただいているような気分でおりました」

「そうでしたか。今日はもうこんな時間なので、取り急ぎご報告まで」

「ありがとうございます」

「課長。明日……あ、もう『今日』でしたね。土井弁護士が本契約書をお見せしに、そちらにお邪魔することになると思います。土井弁護士には当法人の実印と私個人の実印を預けておき、交渉が成立した時点で押印してくるようにと伝えてありました。課長に件の賃貸借契約書の本書をお見せした後、私に印鑑を返しに来るとおっしゃっていましたので、A病院開設関連の書類などについては、印鑑が届き次第、作業に着手できます。早速、本日からA病院の開設許可願いと、開設届の正式な書類の作成にかかりたいと思います」

「大城先生、所轄の保健所で書類を作成することは可能ですか？　今日は本件についての報告で動いております。明日、二十六日ではいかがでしょう？」

「ええ、大丈夫です」

「よかった。それでは、私も明日二十六日、保健所のほうにお邪魔したいと思います。いつものように午前十時ではいかがでしょうか？」

「では、明日、二十六日午前十時に保健所に伺います。土井弁護士にも本契約書と実印、その他必要なものは明日持参するよう連絡しておきます」

「大城先生、本当にお疲れ様でした。今日はゆっくりとお休みになってください」

4. 最後の二日

十四日間でA病院八十床の再建をする……
といった無謀な計画は大詰めとなる。
残された十三名の運命は……。

「土井先生、ご苦労様でした。今回のご活躍、お見事でした。さぞお疲れになったでしょう」

私は午前十時に保健所に現れた土井弁護士に声をかけた。

「ああ、大城先生。いえいえ、先生こそお疲れでしょう」

土井弁護士は、いつも通り快活に返事をくれた。

「ところで、外は物々しいですね。マスコミさんですか?」

私と土井弁護士が二人して苦々しく外の様子を眺めていると、それに気付いた保健所の職員が、慌てて窓のブラインドを閉めにかかった。

ちょうどそこへ、林が息を切らして入ってくる。

「大城先生、土井先生。おはようございます。お疲れ様です」

「ああ、おはようございます」

「土井先生。役所の方々は土井先生から連絡のあった、午前二時まで庁舎に待機してくださっていたのです」

私は土井弁護士に、昨夜の状況を説明した。

「林課長。これが件の賃貸借契約書です。もちろんコピーは取っておきました」

土井弁護士は「本契約書」を課長に見せ、コピーのほうはそのまま手渡した。その後、

「大城先生。お預かりしていた、法人と先生個人の実印です。確かにお返しいたします」

と言って私に印鑑を手渡す。そして、

「私はちょっと外の様子を見がてら、事務所に帰ることにいたします。しかし、もはやちょっとした事件ですね、これは。マスコミさんもほかにやることはないんですかね」

土井弁護士はそう話すと、笑いながら保健所を出て行った。

林の言うように、A病院は保健所の敷地から、田を挟んで隣接していた。

「本当に灯台下暗しですね」

私は笑って林のほうを見た。

林はばつが悪そうに、額の汗をぬぐっている。

「ところで、残っている患者さんたちの容態は？」

「今、報告させます」

しばらくのち、林に呼ばれ、保健所の所長と思しき人物がやってきた。

一通りの挨拶が済んだ後、所長の報告が始まる。

「本日までのところ変化はありません。皆、落ち着いております」

「所長、お騒がせいたしますが、早く解決してあげないと患者さんたちが心配です。どうかお力をお貸しください」

保健所の南側のブラインドはすべて閉じられている。ブラインドの外の駐車場にはマスコミ各社がカメラを構え、物々しく控えている。

本日二月二十六日、新生A病院の「開設許可願」及び「開設届」の作成に取り掛かった。保健所の所長は何くれと気を遣ってくれた。

「大城先生。何か足りないものや不備があればおっしゃってください」

人のよさそうな所長は、我々――鈴木事務長や神取課長が動きやすいように、いろいろと配慮してくれたのだった。

Ａ病院の「開設許可願」の内、病院の敷地・構図に関するもの――各フロアの広さ（平方メートル数）、Ｘ線室の壁構造等――については、旧Ａ病院の開設時の書類と突き合わせ、書類の作成をしていく。神取課長の作業は実にてきぱきとして、要点を押さえ正確である。鈴木事務長が目をかけているのが理解できる。

その一方で、鈴木事務長は、主にＡ病院の人事についてまとめていた。

「大城先生。常勤医師は大城先生を筆頭に、三輪先生、それと大学からの研修後、二年間お預かりする内藤先生で行きたいと思います。一応、履歴書と医師免許証です」

すでに医師については常勤医を三名確保し、また大学からの派遣の医師たち数名分の、免許証の写しと履歴書を用意していたのだ。

「事務長、いつの間にこれだけのものを確保したの？　それと、大学からの常勤医、内藤先生とは、B病院で『例の人』が４Fに出る、と騒いだ方ですか？」

「ええ、その内藤先生です。あの後、大城先生がすぐにB病院改装を決断されたと聞き、『ご迷惑をお掛けした』とおっしゃって、新規A病院の立ち上げにはぜひ協力させてくださいとのことでした」

　鈴木事務長は感情を押し殺したような、いつもの愛想のない返答をしてくる。

「医師を束ねるのは大城先生ですので、一応ご報告しておきます」

　その他スタッフの内、看護婦についてはB病院からの十五名と、旧A病院に以前勤めていたA病院近隣に在住の五名が新たに加わっていた。

　各々の看護婦免許証と履歴書については、事務長の確認後、それぞれを「病院開設願」に添付していく。

　同時に保健所の所長も立ち会い、不備な点がないかをチェックする作業が並行して始まっていく。あっという間に時間が過ぎていった。

夕方近くになって初めて、皆、食事をしていないことに気が付いた。

「おい、神取。皆に何か食べ物を買ってこい」

鈴木事務長が神取課長に声をかけた。そこへ保健所の所長が声を聞きつけてやってくる。

「鈴木事務長。食事はこちらで誰かに買ってこさせます。どうぞ作業を続けてください」

鈴木事務長が「それでは場所まで提供していただいているのに申し訳ない」といったやりとりが続いている。

私は神取課長を呼んだ。

「気が付かなくて悪い。これで皆の分、昼飯になるのかどうか微妙な時間だが、買ってきて」

そう言って一万円札を渡した。神取課長が鈴木事務長に、その一万円を持って報告に出向いた。まだ、保健所所長と鈴木の話は続いていたが、私から、と聞いて保健所所長も鈴木事務長も二人そろって私の作業している机のところまでやってきた。

「大城先生。作業に集中していて気が付きませんでした。ちょうど神取に何か買ってこさせようとしていたところです。ただ、所長から保健所の職員の方に買ってこさせるから作業は続けてくださいい、と申し入れされています」

私は保健所所長を見て言った。

「こちらがいくつもデスクを占拠してご迷惑をお掛けしているのに、昼食まで買いに行かせるわけにはいかないでしょう」

そう言う私に、所長はうれしそうに言葉を発した。

「いえ、そんなことはないです。こちらの不手際を解決する手助けをしていただいているのに、それぐらい当然です。ここはぜひ当方に負担させてください」

裏腹のない心からの言葉であった。私は鈴木事務長に、

「では今回はご厚意をお受けし買ってきていただきましょう。で、私たちは作業を続けさせていただきましょう」

そう伝えた。鈴木事務長は感情を出さないいつもの表情で、神取に皆の食べたい

ものをメモさせ、私からの一万円札とともに保健所所長に手渡した。

「大城先生、それでは買ってまいります。これぐらいはやらせてください」

人懐こく所長は微笑んでいた。

「それに、外の連中――マスコミ関係――につかまっても面倒ですから」

そう言い添えていた。


「大城先生、今夜はもう休んでください」

鈴木事務長が声をかけてきた。すでに二十六日も夜半となっている。

保健所も、所長以外の職員はすでに退所していた。ガランとした所内には私と鈴木事務長、神取課長、それに所長室に保健所所長が残った。

「事務長たちはどうするの？」

私は鈴木事務長に尋ねた。

「まだ、少し不備があります。明日、二十七日の午前中に足りない不備な書類などを取りに、いったん病院に戻ります。神取にも必要書類を取りに走ってもらいます。おそらくそれで明日の午前中はつぶれてしまうと思いますので、午後一時にここに再集合し、続きの作業をいたします。それで大城先生。明日、夕方から最終チェックをお願いしたいのですが」

「ああ、わかった。明日、開設関連書類の最終チェックをしよう」

「わかりました。私と神取は午後一時からこちらで作業しておりますので、大城先生は夕方来ていただければ結構です」

日付はいつの間にか変わって二月二十七日になっている。

やけに静かな所長室を覗くと、保健所所長は所長室のソファーでうたたねをしていた。

「所長。明日……いや、今日か。また伺います。では……」

二月二十七日午前0時三十分。

本日の午後、再集合の確認をし、各々保健所の裏の駐車場を後にした。

二月二十八日夕刻、Ｂ病院に電話を入れる。

「大城です。三輪先生、ご苦労をお掛けします。すべての書類は整いました。明日、患者さんともども、先生のご来院をお待ちしております」

電話の向こうから三輪医師のはつらつとした声が返ってきた。

「理事長、どうかご心配なく。一人も傷つけずそちらに移送いたします。どうかご安心ください。では、理事長、明日、新生Ａ病院にて」

その後、三嶋婦長に電話を入れた。

「ああ、理事長先生。こちらは大丈夫です。スタッフも皆張り切っています。患者さんも皆容態は安定しています」

「皆に苦労を掛ける。ありがとう、と伝えてくれ。それでは明日、新生Ａ病院で」

「ありがとうございます。理事長先生もお気を付けて。先生のことですから、どうせ寝ていないのでしょう。医者の不養生。気を付けてくださいね。でも、明日私たちの顔を見れば元気になるでしょう？」

終章　それから

1．桜のつぼみ
―新病院の始まり―
三月一日

いよいよ新病院の船出。
医師会長の粋なはからいは……。

三月一日、午前八時。

まず、B病院より患者の移送が始まった。

第一陣として、比較的軽症の患者約十名と看護婦三名が、福祉タクシー及び民間の救急車に分乗し、A病院へと向かった。三十分ほどで第一陣がA病院に到着したとの連絡を受ける。

第二陣もほぼ十名の患者である。ただしこちらは中等度病態のため、五名の看護婦が付き添って移動する。

点滴中の重症患者二名（近隣の病院への転送が不可能だった）は救急車にての搬送となった。転送者二名に対して、一台ずつ救急車が対応した。

先に発車した救急車には婦長が付き添った。後発の救急車には、予断を許さない病態の患者が乗車したため、院長である三輪医師が付き添う。

最後発となる第三陣がB病院を出発したのは、八時四十分を少し回ったところであった。

残り五名の患者に対し、三名の看護婦が付き添った。そこには神取課長も便乗した。

「神取、いいか。全員無事にA病院に到着したかの確認をくれ。私はB病院の最後の戸締りと、その他の不備がないかチェックし終えてから、すぐ追いかける。それとお前が向こうに着いたら、病院駐車場脇に新生A病院の看板を一番に掲げる。いいな」

鈴木事務長は神取課長にそう指示を出している。

「事務長、わかりました。お気を付けて。向こうでお待ちしております」

全員が出発するのを見送ると、鈴木事務長は手際よく全館をチェックし、病院車（院長車）のキーを回し、スターターを始動させた。

同日九時二十七分。しんがりの鈴木事務長が新生A病院に到着する。

先に到着し、新生A病院の看板を掲げ終わった神取課長が、鈴木事務長のもとに報告に駆けつける。鈴木事務長は頷きながら報告を受けた。

そして鈴木事務長は、婦長と三輪院長に挨拶するため、事務室に入っていった。

九時三十五分。新生A病院の外線がけたたましく鳴った。急ぎ駆けつけた鈴木事務長が受話器を取る。

「はい、A病院です。……、はい、先生。その件につきまして、当院の院長が先生のご自宅に向かっているところです。もうそろそろ先生のご自宅に到着することと思います。……、はい、失礼いたします」

静かに受話器を置いた鈴木事務長は、いつものように感情を押し殺した表情になっている。神取課長が心配して声をかけてきた。

「事務長、どちらからです？　大丈夫でしょうか？」

「ああ。近隣の医師会の会長からだ」

「何とおっしゃっていました？」

「挨拶もなしに勝手に開業するとは何事だ、とひどくご立腹のご様子だったよ」

鈴木事務長はニヤリと笑う。

「あの、事務長。大城理事長は今、医師会会長のところへ向かっているんですよね。大丈夫でしょうか」

鈴木事務長は不敵な笑みを浮かべながら、諭すようにこう言った。

「俺たちの主は、いちいちそんなことで凹むようなお人ではないよ。B病院買収の時も、病院を食い物にしようとしている輩に一歩も引かなかっただろう?」

「でも、医師会を敵に回したら、あとあと大変なことになりませんか」

「そもそも旧A病院が破たんした要因として、医師会との対話がなかったことは認める。しかしだ。こんな地域医療の崩壊ともいえる状況を促し、さらにA病院が破たんした後は、見て見ぬふりをして、厚生局からの救済のオファーにも一切横を向いていたんじゃないか。そんな輩にいまさらどうこう言われる筋合いはない。神取、お前はそうは思わないか?」

「はぁ、それはそうですが……」

「それとだ。二年前にS銀行が、大城理事長に泣きついてきたことを思い出してみろ。こちらはすべて準備を整え終わっていたのに、S銀行の支店長が医師会のある重鎮に『挨拶』に出かけた後、二週間ほどで話が頓挫したじゃないか。今さら『挨拶』などしてもしなくても、あいつらには何の関係もない。地域医療の崩壊など、あいつらにとっては何の興味もない。ただ、自分たちの利益と特権の保全しか頭にない連中なんだよ。B病院もS銀行がらみだったが、理事長の自己資金で処理したからこそ、横やりが入らなかった。それだけの話だ。その代わり、地域医師会への入会金が、理事長が入会を希望した途端、四百万円だったのが突然、倍の八百万円に跳ね上がったのだ。ああ、そういえばあの時、皆に臨時ボーナスが出ただろう?」

「はい、ありがたく頂戴いたしました。よく覚えています」

「あれは『こんな捨て金を放るくらいなら、頑張った職員に渡してやれ』と大城理事長がおっしゃったんだよ」

「ああ。あれはそういうことだったんですね。なるほどよくわかりました」

どうやら神取にも鈴木の不敵な笑みが伝播したようだ。


医師会会長の自宅兼診療所は、大きな和風の屋敷だった。

その昔、「天下布武」を掲げて全国統一を目指し、一時代を駆け抜けた武将の黎明期の居城が近くにある。その城下町の一角に会長宅はあった。古の武家屋敷そのものである。

今回、鈴木事務長、土井弁護士がこぞって同行しようかと言ってくれたが、こういう時は一人のほうがいいと二人の申し出を退けた。

武家屋敷風の重厚な門をくぐると、門の内側には広い駐車場がある。

枝ぶりの良い松の庭木の脇に、ネイビーブルーのポルシェ９１１が停まっている。私はその隣に愛車を停めた。

武家屋敷風の広い玄関、地面には碁石のような黒御影石が敷き詰められていた。真ん中には小上がりのある、幅一間ほどの敷石が置かれている。先の縁のその先は引き戸となっていた。

呼び鈴を鳴らすと、屋内より「上がれ」と声がかかった。

幅二間ほどもある引き戸を引くと、玄関縁を上がったところに、三畳ほどのスペースがある。おそらく待合室だろう。

「失礼いたします。本日はA病院の開設のご挨拶に参りました、A病院理事長の大城でございます」

私が屋内に向かって声をかけると、奥の間のふすまが開いた。白髪の鋭い眼光の男が顔を見せる。

八十歳をとうに過ぎていると聞いていたが、年齢よりはるかに若く見える。

「先生、突然の訪問をお許しください。A病院を本日開設いたしました、大城誠と申します。ご挨拶が遅れてしまい、誠に申し訳ありません」

私はまっすぐ医師会長の目を見て挨拶した。

「まぁ、上がれ」

そう言うなり、いきなり診察室へと案内された。

ふすまを開けると六畳間が現れ、診察机と院長の椅子が畳の上に置いてあった。

年季の入った院長の椅子に腰かけた会長には風格が感じられる。京都にある町医者の診療所、といった風情である。

目と目が合った。

長い間、人の上に立っていた者の風格と威厳が老躯を包んでいる。

「ところで。君、今日は何に乗ってきた?」

「はっ?」

私は一瞬返答に困った。この老人はいったい何を話し出すのだろう。

「先生のお車と同じ車ですが」

「色は?」

「はっ、白です」

「年式は?」

「先生と同じ九〇年のティプトロニクスです」

その老医師はふっと笑顔を見せると、もう一度真顔で私の目を見てきた。

「思う存分やってこい。医師会のほうはわしがまとめておく」

少し拍子抜けの感は否めなかったが、どうやら面接は合格したようだ。

私は玄関先でもう一度医師会長の目を見て深々と頭を下げた。

これは彼が他界した後に聞いた話であるが、元海軍医の彼は今回の経緯を、元部下だった三輪院長から聞いていたそうである。

医師会館で私に「挨拶がない」と罵倒したのは、反発する医師会会員の前での粋な演出だったとのことだ。

私は城下町の桜並木を疾駆する、ネイビーブルーのポルシェを思い返していた。

「思う存分やってこい……」

その言葉がそれから今に至るまでずっと私の耳に残っている。

2. それから
―クリスマス・イヴ―
一九九九年

別れの日
降り出した雪に
行く路は白く消えていた

A病院再建を手掛けて数か月が経った頃、土井弁護士から連絡が入った。
S銀行がA病院の土地・建物に対して競売手続に入ったとのことであった。

あれから、S銀行が提示してきた「元本据え置き十年、金利月額二百五十万円」との条件提示をベースに、月々二百五十万円をA病院の家賃として支払っていた。S銀行との話し合いの余地を残す意図もあったのだが、相手は問答無用の競売手続に入ってきたのだ。

仕方がない。

当面は家賃二百五十万円にて運営していきながら、競売が実施された時点で、入札で落札するのが順当な手だと考えていた。その頃には医療機器のリース残もほぼ解消しているだろう。こちらのメインバンクであるA銀行も、十億が二億程度に落ちた時に競売参加してはどうかとのアドバイスであった。

収入と支出のバランスもちょうど良いし、なによりこちらは債権付建物に入居・

占有している。それも医療機関である。他の業種が参入してくるメリットはまずないと見るのが大方の意見であった。

ただし土井弁護士を除いて。

「大城先生。十億が二億に落ちたところで競売入札するといった意見は、確かにもっともですし、再建の経緯を見れば、それが王道のように思うのですが……」

「何か心配事でも？」

「いや、大城先生……何故かしっくりこないのです。

かつてのA病院のM&A、いったん頓挫していますよね。今回は先生に流れがあり、こういった結果になったわけですが、より確実にA病院を確保しておきたいのです。

大城先生、B病院は改装を目的とする理由で休眠していますね。こちらも一年後には、確実に再建しなければなりません。多少日にちがずれたとしても再建することは確実です。でないと、三十五床を捨てて八十床を取りにいったということにすぎなくなります。まず足元を確実にしていかねばと思うのです」

「競売以外に何か法的な手段はあるのですか？」

「先生は良しとされないかもしれませんが、禁じ手があります。具体的には滌除（てきじょ）（※）という方法があります」

「滌除……ですか？」

「ええ」

「もう少し素人にもわかるように説明してください」

「滌除というのはですね、抵当権の付いた不動産について、その権利を取得した第三者が、自ら妥当と評価した金額を抵当権者に支払・供託することで、その抵当権を消滅させる制度です」

そんなやりとりがあったことは覚えている。

「正当な方法、競売で入札しましょう」

近隣の地価を見ても、二億も出せばこの病院の土地の数倍の広さと、好立地を確保できるのだ。相手が同業であっても、私がA病院を廃院すれば、八十床の病床価値はなくなる。そして再度の病床許可は、まず下りないであろうことを考えると、二億も出して入札するメリットがないのだ。メインバンクも会計士も、二億入札説で動いていた。

一九九九年春。

いよいよ競売価格が公示された。今回で三度目の入札公示である。十億あった債権は予想通り、二億まで下がっていた。そこで今回はA病院の入札に参加することにしたのだ。

同業者及び他業種ともに、二億を払って当該土地建物を取得するメリットはないはずだ。各種のデータが口をそろえて今回の競売入札を示唆していた。

私はそんな中で、何故かしっくりこない感覚が残っている。何か変だ。

競売入札についてはメインバンクであるA銀行にも逐一連絡をしてある。

もともとメインバンクの試算と、当方の試算が合致している。入札後の落札金二億も、A銀行の了承を得てからの入札決定であった。

それでも、入札開始から最終日まで毎日、見張りをつけたいとの土井弁護士からの申し出があり、実際そうした。そして入札最終日の終了間際に、私は入札を入れたのだ。

土井弁護士から連絡が入った。

「大城先生。競売入札二億一千万で入札いたしましたが二番札でした。どこが一番札だったか早急に調べます」

翌日、再び土井弁護士から電話があった。

「例の件、一番札は有限会社Tという会社です。本社は大阪となっていますが、おそらく今回の入札のための会社でしょう。高く買い戻してほしい……とかなのかもしれません。二億一千万以上も投じて他業種、たとえば不動産などであれば、解体する費用など数千万円をさらに上乗せしても、購入のメリットはありませんから」

翌日、有限会社Tを名乗る男の声で電話が入った。
「おたくの病院が入っている土地・建物を競売で落とした。ついては今後のことで話し合いたいので会えないだろうか」とのことであった。電話の声からは品性が感じられなかった。

有限会社Tから電話があった七日後、指定された場所で会うこととなった。先方が車で出向くため、高速のインターチェンジの近くがよいというので、インターチェンジを出てすぐのファミリーレストランでの待ち合わせとなった。
「院長さんかね？　どうも」

有限会社Tの名刺を出してくる。パソコンで即席で作ったと思われる、薄っぺらなものであった。

「院長の大城です」

「率直に言う。院長さん、五千万出すから、A病院から出て行ってもらえないかね?」

「そう言われても、患者もたくさん入院しているからね。今回の件、同業の先生から依頼を受けているのですか? 病院を続けるということで、私だけが退くという話の五千万円ですか? それとも他の業種であの土地・建物を活用したいというのであれば、患者も満床で稼働しているので、すぐに出て行くというわけにはいきませんね。いったいどういう意図で落札されたのですか?」

「何に使おうとこっちの勝手だろうが」

名刺の男の横にいた若い男が凄んでみせた。私は無視した。

(お前と話などしていない。兄貴分が口を切って話している中に割って入って、行儀悪いぞ、小僧)

そう腹で思ったことが眼光に表れたのか、その若い男は黙った。名刺の男はとり

もつように、

「まぁ、なんにせよ、こちらの意向はそういうことだ」

「わかりました。私も社長もお互い忙しいだろうから、今後は私の代理人弁護士と話してくれますか」

私は自分のレシートだけ持つと立ち上がっていた。

隣の若い男が何か言おうとしたが、私と目が合うなり沈黙した。

『小僧、大人の話に口を挟むな』

そう目で言った。

「土井先生、大城です。相手に会ってきましたが、本体は全く違います。彼らは依頼を受けただけでしょう。不動産の立ち退きを請け負った地上げ屋、といったところですかね」

「大城先生、今回、同行できなくて申し訳ありません。今後の雑事はこちらに振ってください」

「そう言われなくてもそのように話しておきましたよ。それともう一つ。相手は今回の入札は損得では動いていません。A病院の存在そのものを消す意図が感じられます」

「二億二千万近くの大金を支払って、八十名近い入院患者をまた路頭に迷わそうということですか？　いったい何のために」

「私か土井先生が何者かに憎まれているのでは？」

「私も、ですか？」

「そうですね。怨念に近いものを感じましたね。二億を放ってでも消したい、というほどの」

「それが本当なら、私も先生もずいぶんと評価額が上がりましたね」

「土井先生、相手の意図は明確です。競売入札に相手は照準を合わせてきていたのです。今回の入札まで待ったのは、用意できた金が三億程度ということではないでしょうか。それを放ってでも私や先生をつぶしたい……そういう意思・怨念を感じました」

「そうですか。何のメリットがあって大金を捨てるんだろう」

「メリットではなく恨みです。相手が誰かは詮索しても、まして本体を突き止めても恨みは消えないでしょう」

「うーん……」

「そこで先生に相談なのですが、相手の意図が明確になった以上、まず患者さんを安全なところに移さねばなりません。病態や家庭環境も含め、調整する時間を稼いでほしいのです」

「どのぐらいです？」

「短くても六か月」

「わかりました。月々二百五十万の家賃は高すぎると言って減額交渉をしてみます。奴らは落札の出費を家賃収入で補うことも考えているはずです。賃貸再契約を引き合いに時間を稼ぎます。でも先生、一年が精一杯ですよ」

「もちろんです。ただ相手はね、土井先生。家賃が欲しいわけでもなく、カネが回収できなくてもいいのですよ」

「なんのためにそんなことを」

「私と土井先生が憎いからでしょう」

「えっ、私も同罪ですか?」

土井弁護士は苦笑いで答えていたが、すぐに動き始めていた。


灯をすべて落としたA病院は、まるで黒い巨艦のごとく、闇の中に静かに佇んでいる。最後に婦長が、エントランスの扉を閉めて出てきた。

「理事長先生、お疲れ様でした。館内はすべて片付きました。移送した患者さんたちも、皆元気にしているようです」

「婦長。ご苦労を掛けたね。本当にありがとう」

婦長は涙をこらえながら、

「本当ですよ。理事長先生には苦労を掛けられっぱなしです」

「ところで、三輪院長はもうＢ病院に戻ったの？」

「夕方までＣＴ室にいらっしゃいましたけど、その後は見かけていません」

「そうか……。いや、隣の三輪先生の机が、きれいに片付けられていたから。もう帰られたのかなと……」

「先生、その写真……」

「そうそう。以前の震災の時、みんなでチャリティをやったよね。絵や写真や絵ハガキやらをほとんど買ってもらって。集まったお金は、赤十字を通して被災地に送ったことがあっただろう？」

「三輪院長の『丹頂鶴』の写真だけが売れ残っちゃったんですよね。よく覚えています。あれ？　でも三輪先生、『最後の日に高値で売れた』って、たいそう喜んでいらっしゃったような気が……。その写真を先生が持っているっていうことは、最後に高値で買った人って、理事長先生だったんですか？」

　私は何も言わず微笑んでいた。

「理事長先生、本当にお世話になりました」

「ところで他の看護婦たちは、みんな、次の職場は決まったのかな?」

「はい」

「はい、理事長先生」

「はい」

暗がりから、改装されたB病院からついてきてくれていたユキ・マユミ・ヒロコ看護婦が姿を現した。

様々な経緯があったとはいえ、いざ、病院を閉めるとなると、彼女たちなりに感慨深いものがあったのかもしれない。最後の施錠、そして私と婦長の会話を物陰ででも聞いていたのだろう。

「まだ帰っていなかったのか。どうしたの?」

「私たちは元気だから心配しないで」

そう言って小さな菓子包みを手渡してくれた。

「どうせ今夜も一人なんでしょう? これ、みんなから。食べてください」

渡された小さな菓子包みには、クリスマスケーキが入っていた。

婦長やナースたちが暗い駐車場から去って行く。

私はもう一度黒くそびえるA病院に目をやった。見上げると白い粉雪が舞い始めている。

私はもらったケーキを愛車の冷えたトランクに入れると、幾多の思いを振り切るように愛車に乗り込み、エンジンキーを回した。エンジンが温まるまでの少しの間、駐車場に停めて待っていた。

音もなく降り出した雪が少しずつ強くなっている。路面にうっすらと白粉のような雪が積もり始めている。

私はタイヤが滑らないように、ゆっくりと発車した。

ふとバックミラーを見ると、病院玄関の前に白衣姿の三輪院長の姿が目に留まった。

「こんな時間に？　もうすでに帰宅したはずだが……」

そう思いながらミラー越しに見ると、彼は直立不動の姿勢で立っているのだった。

白い雪がハラハラと舞っている。

見ると彼は海軍式の敬礼をしている。

私を見送ってくれているのだろう。

私はあえて車を止めず、挨拶もしなかった。雪の舞い降りる中、黒く佇む病院をバックに、最敬礼を以て私を送ってくれているのだ。


「三輪先生、これからどうされますか？　私と一緒にB病院に戻りませんか？」

誘う私に向かって彼は言った。

「理事長。お心遣い、本当にありがとうございます。ですが、もう私の医療は古臭くなってしまったようです。これからは若い医師たちが、先生の力になってくれることでしょう。老兵はもう満身創痍です。今後は妻と二人、ゆっくり余生を送りたいと思っております。先生に守っていただいた家屋敷で、のんびり暮らしていきます。どうかご容赦願いたい。私は最後にCT装置を見てからお暇いたしたく存じます。長い間お世話になりました。これで失礼いたします。お元気で、理事長。どうぞよいお年を」

今日の夕方、そう言って三輪院長は理事長室を去って行ったのだった。

私はじっとバックミラーを見ていた。彼の姿が見えなくなる交差点まで直進した後、私はハザードランプを敬意を以て三度点滅させた。

雪はいよいよ本降りとなってきている。外部の音はしんしんと降り続く雪にかき消されていく。


私は思い返していた。今、彼の立っている駐車場に、右大腿から出血した作業員が仲間に抱えられながら駆け込んできた、あの日のことを。


通りの向こうの工事現場で、チェーンソーが電源を入れた途端に暴れ出した。暴れたチェーンソーは、一人の作業員の右の大腿部を容赦なく切り裂いた。

凄惨な現場では、駆け付けた当直明けの外科医や、大学から日直に来ていた若い外科医が総出で止血しようと躍起になっていた。

私は右大腿の創部から、大伏在静脈近傍を圧迫する。噴き出すような出血は、やや緩和はするものの、手の圧を緩めるとまた噴き出す。

救急車を要請したが、止血の応急処置が完了するまでは、大学病院への搬送をためらっている。

ナイロン糸で止血を試みるのだが、挫滅筋の内外から際限なく血が噴き出してくる。

「点滴確保して。それと血圧は？」

私は看護婦に、矢継ぎ早に指示を出した。血は一向に止まらない。

ふと私は、三輪医師が戦時中、フィリピン戦線を生き抜いてきたことを思い出した。

「三輪先生を呼んできて。早く」

そう看護婦に指示を出していた。

駆け付けた三輪医師は、太い絹糸を取り出すと、挫滅創の筋肉の筋索を確認しながら、また腱の動きで指尖の反射を見ながら、血液の噴き出す部位をためらうことなく手術用の鈎針でズバズバと縫合し始めたのだ。

　彼の繰る絹糸は、私のナイロン糸と違い、筋索をすくこともなく、断裂部を縫合していく。皮内を縫合することや、後の感染のことなどまるで無視したかのような豪快な処置であった。

　十針近く縫合したところで、湧き出すように浮いてきた血液が、ピタリと止まった。私は指で押さえていた大伏在静脈近傍の動脈をそっと開放してみた。出血は止まっている。

「点滴から抗生剤を注入して」

　そう指示を出した。

　また出血するリスクもある。皮膚縫合はせずに、開放創のまま生理食塩水に浸けたガーゼで創部を保護し、救急隊に引き渡した。

「大学病院の救急部に連絡してあります。至急搬送してください」

「老兵は死なず。ただ去りゆくのみ……か」
三輪医師とはそんな出来事もあったな、と思い出していた。
車の外では、音もなく降り続く雪が、下界の景色を白い綿帽子に埋めていく。
——きよしこの夜
雪は静かに舞っている。夜が音もなく更けていく。
——救いの御子は
一九九四年のバレンタインデーに始まった激動の五年間は、一九九九年のクリスマス・イヴで終わろうとしている。
——御母の胸に眠り給う
降りしきる白い壁の向こうにはもう、二〇〇〇年が静かに始まっている。
——夢やすく

※滌除：二〇〇三年の民法改正により廃止

エピローグ

エピローグ

梅が香る季節がやってくると二月のバレンタインデーを思い出す。

梅のつぼみが紅い花をつけ、ほのかに香る。

やがて、陽射しが暖かくなると、いっせいに桜が開花するのだ。薄桃色の花が河原の堤防を覆う頃、桜並木を疾駆するネイビーブルーのポルシェが、走馬灯のように脳裏に浮かぶ。かつてA病院のあったところは当時の面影はなく名も知らない草花に覆われている。

周りの水田には青々とした苗が敷き詰められていた。


夏草や……つわものども……が夢の跡……

あとがき

二〇二四年は元日の能登地方大震災より始まった。

やっとコロナ禍も終末の兆しが見え始め、街のマスク姿もずいぶんと減ってきた矢先のことであった。

春は駆け足で過ぎ、替わりに訪れた梅雨は長く居座り続け、線状降水帯を伴い被災地にも豪雨をもたらす。河川は氾濫し、地震や津波で倒壊した家屋をも容赦なく押し流した。

体温をはるかに超す猛暑日が続いた夏。日々寒暖を繰り返し、まるで秋への移ろいを拒むかのようにのたうちまわる。被災地の人々の体調管理が気になる。

春・夏・秋・冬――古来よりの四季の移ろいは失われてしまったのだろうか。

それでも中秋の名月は近年になく明るく、藍色の天空より大地を照らしていた。

轟音割大地
雷鳴裂天空
崩山埋良河
茫我望蕭月

周舜

大音響とともに揺れ陥没した大地に
雷と豪雨が襲いかかった
山は崩れ、美しかった河も埋もれた
変わり果てた故郷を照らす満月を
ただただ成す術もなくみつめるだけであった

それでも春は必ず訪れる。
そう信じて……。

二〇二四年　晩秋

周舜

著者プロフィール

周 舜（あまね しゅん）
1951年生まれ
愛知県出身
【既刊書】
『ムサシの茶室』（2019年、文芸社）
『運慶』（2020年、文芸社）
『柱時計』（2023年、文芸社）

夢の残照

2024年12月15日　初版第1刷発行

著　者　周 舜
発行者　瓜谷 綱延
発行所　株式会社文芸社
〒160-0022　東京都新宿区新宿1－10－1
電話　03-5369-3060（代表）
03-5369-2299（販売）

印刷所　TOPPANクロレ株式会社

ISBN978-4-286-25791-4　JASRAC 出 2407839-401